MÉTHODE HOLZER

L'ALLEMAND

USUEL

NOUVELLE GRAMMAIRE À LA FOIS THÉORIQUE ET PRATIQUE

Aux Voyageurs, aux .... aux .... au Commerce
et aux Élèves des ...

PARIS

ARMAND ...... ET .... LIBRAIRES-ÉDITEURS

RUE DE LONDRES, 46

MÉTHODE DE H. G. HOLLER

A LA FOIS PRATIQUE ET THÉORIQUE

pour apprendre rapidement

L'ALLEMAND USUEL

avec

EXERCICES EN REGARD DE CHAQUE LEÇON

PETITS VOCABULAIRES EN TÊTE DES EXERCICES

NOMBREUX EXEMPLES PRIS DANS LE LANGAGE HABITUEL DE LA CONVERSATION
ET DE LA CORRESPONDANCE

PREMIÈRE PARTIE : LES ÉLÉMENTS

contenant :

*L'écriture, la prononciation, l'orthographe, la formation des mots,
les déclinaisons et les conjugaisons, l'emploi des prépositions,
la numération, les divisions du temps, la construction des phrases,
les premières notions de syntaxe.*

—∘◦⊙◦∘—

PARIS, 1872

ARMAND COLIN ET Cie, LIBRAIRES-ÉDITEURS

16, RUE DE CONDÉ, 16

—

Paris. — Typographie Georges Chamerot, rue des Saints-Pères, 19.

CONSEILS

POUR

L'USAGE DE CETTE GRAMMAIRE.

—

Les exercices sont toujours placés en regard de la leçon.

Ils ne contiennent que des mots connus de l'élève.

De petits vocabulaires, en tête des exercices, lui fournissent de nouvelles expressions, constamment choisies en rapport avec le sujet de la leçon.

Cela permet à l'élève de remplacer dans ses exercices un mot par un autre. Il peut ainsi, en faisant défiler tour à tour dans le cadre qui lui est tracé ces différents matériaux, construire de lui-même de nouvelles phrases.

Il est essentiel en effet qu'il multiplie, soit oralement, soit par écrit, ses exercices; qu'il s'habitue à appliquer à toutes les occasions de la vie journalière ce qu'il a déjà appris; qu'il parle coûte que coûte, et même tout seul, en utilisant tous les mots allemands dont l'explication lui aura été donnée.

Aussi notre grammaire est-elle combinée pour qu'il parle dès la première leçon.

Nous commençons par le verbe, organe vital de la pensée; les règles de la construction et de la syntaxe, sans lesquelles il est impossible de s'exprimer, ne sont pas reléguées à la fin du livre; nous les donnons chemin faisant, au fur et à mesure que nous avançons dans l'étude des mots, de façon que l'élève puisse toujours bâtir les phrases dont il possède les éléments.

Il fera bien de revenir souvent sur ses pas, en reprenant ses anciens exercices pour y ajouter les formes nouvelles qu'il aura étudiées depuis lors. Par exemple, quand nous donnons pour thème « j'achète un livre », l'élève, dès qu'il saura le pluriel, pourra remplacer *un livre* par *des livres*, et dès qu'il saura le parfait, remplacer *j'achète* par *j'ai acheté*. C'est ainsi que, même arrivé aux dernières leçons, il pourra profiter des premiers exercices.

Si l'élève fait des fautes et qu'il n'ait point de maître pour les corriger, il devra s'y prendre ainsi pour les rectifier lui-même : Conserver ses devoirs, et, à mesure qu'il sera plus avancé, les relire et les retoucher. Il trouvera toujours dans les leçons qui suivront des exemples pouvant lui servir de corrigés.

D'ailleurs, des récapitulations de distance en distance groupent les notions acquises, et fournissent à la fois des types de phrases et des sujets d'analyse.

Car l'analyse est aussi une chose essentielle. L'élève doit s'habituer à classer les choses dans sa mémoire et à raisonner les locutions dont il se sert.

Nos règles très-courtes sont des formules faciles à retenir. Elles portent chacune un numéro, et l'élève peut aisément y renvoyer pour expliquer le pourquoi de chaque difficulté.

Nous avons élagué tout ce qui tient à l'érudition, étymologies, mots rares et tournures recherchées. Nous avons laissé de côté les règles minutieuses que les Allemands sont les premiers à ne pas observer. L'étranger n'a pas besoin pour ses débuts d'être plus puriste que les Allemands.

Quand on étudie une langue, non pour en contempler platoniquement les beautés, mais pour en user pratiquement, on va droit au plus pressé : Parler comme tout le monde. Le reste viendra par surcroît avec le temps.

Aussi nos exemples ne sont-ils pas puisés aux sources aimées des grammairiens, dans les tragédies de Gœthe ou de Schiller, mais dans la vie réelle.

Si l'on se présentait en Allemagne avec les phrases des grands auteurs, on serait ridicule. Au lieu d'exposer le voyageur à demander prétentieusement, en style poétique, une chambre d'auberge, nous avons préféré nous en tenir aux formes simplement correctes du langage habituel.

L'élève pourra donc, sans crainte de surcharger sa mémoire de choses dont il n'aura jamais à faire usage, retenir par cœur les expressions et les phrases que lui fournit cette grammaire. Ce sont des expressions et des phrases qu'il aura maintes fois occasion ou d'entendre ou d'employer.

Il doit être prévenu aussi qu'il ne trouvera pas, au moins dans cette première partie (*les Éléments*), toutes les exceptions que comportent les règles. Les plus essentielles ont été seules admises. On n'a pas voulu compliquer par des minuties l'exposé des principes. Les bizarreries, les irrégularités d'un usage peu fréquent, auraient retardé inutilement notre marche; elles ont été reléguées dans la deuxième partie (*les Compléments*).

Les *Éléments* ne doivent être envisagés que comme un cadre général de la langue allemande; ils ne contiennent que le mécanisme, les principes fondamentaux, le strict nécessaire pour s'exprimer clairement et correctement dans les circonstances ordinaires de la vie,

Les *Compléments,* utiles à qui veut se perfectionner, servent à l'étude des détails; là sont renvoyées les complications, les nuances, les formes de langage spéciales aux diverses professions et aux circonstances particulières. Voici au surplus quelles matières y sont traitées.

MATIÈRES DE LA DEUXIÈME PARTIE : LES COMPLÉMENTS.

L'assemblage des phrases. Les conjonctions et les relatifs. Le subjonctif et le conditionnel.

Les difficultés. Revue des diverses parties du discours; liste des irrégularités; synonymes et homonymes.

Les germanismes, variantes de langage, tournures admises par l'usage, figures banales et proverbes.

Dialogues de voyage, de restaurant, d'hôtel, etc.

Usages, formes exigées par la politesse, salutations, visites, etc.

Titres, dignités, qualifications nobiliaires et grades de l'armée.

Valeur comparative des monnaies, poids et mesures.

Modèles de correspondance, formules de lettres et d'adresses.

Modèles de comptes, factures, billets et lettres d'affaires.

Définition des principaux termes commerciaux, juridiques, administratifs, militaires, etc.

EXPLICATION DES SIGNES ET ABRÉVIATIONS.

Les parenthèses autour de mots ou de lettres indiquent que ces mots ou ces lettres peuvent être supprimés. Ainsi quand nous écrivons :

Hof(e)s, cela signifie qu'on peut dire Hofes ou Hofs.

elf Jahr(e alt), qu'on peut dire elf Jahre alt ou elf Jahr.

Les numéros placés à côté d'un mot indiquent la page (et s'ils sont précédés de *r,* la règle), où se trouve la traduction ou l'explication de ce mot, ainsi quand nous écrivons :

Pain [14], Pariser [16], cela signifie : voyez à la page 14, à la page 16.

Bougie [10], r. 43   —   voyez à la page 10 la règle 43.

Voici les abréviations dont nous avons usé.

Acc., accus.	accusatif.	n., neut.	neutre.
Conjug[on]	conjugaison.	part. p.	participe passé.
Dat.	datif.	p., pers.	personne.
f., fém.	féminin.	pl., plur.	pluriel.
fig.	au figuré.	prés.	présent.
imp., imparf.	imparfait.	sing.	singulier.
indic.	indicatif.	term[on]	terminaison.
m., masc.,	masculin.	Voy. p.	voyez page.

TABLE PAR ORDRE DE MATIÈRES.

|

Notions Préliminaires.

	Pages.
Alphabet, 1. Écriture, 3. Prononciation	7
Classification et définition des mots : invariables, 11; verbes, 12; noms, 14; déterminatifs, 15; adjectifs	16
Formation des mots : suffixes et préfixes., ...	17
Transformation des radicaux et adoucissement..................	20
Accentuation..	21
Orthographe : terminaisons, majuscules, apostrophe, etc........	22
Usages de civilité : qualifications, *monsieur, madame*, etc.........	24
Les personnes. La manière de dire *vous*	25

Chapitre I. — *Les verbes et la construction des phrases.*

1re Leçon.	Terminaisons personnelles du verbe................	26
2e —	Altération du radical à la 3e personne du singulier...	28
3e —	L'attribut et les verbes attributifs, *être,* etc..........	30
4o —	Le régime direct ou accusatif. Verbes actifs........	32
5e —	Les adverbes................................	34
6e —	Les négations................................	36
7o —	Les régimes indirects. Le génitif................	38
8e —	— Le datif..........	40
9e —	Les régimes complexes (ou avec prépositions).......	42
10e —	L'infinitif et ses auxiliaires......................	44
11e —	Le participe passé et ses auxiliaires. Le passif........	46
12e —	L'inversion. Formes présentatives, exclamatives, etc..	48
13e —	L'impersonnel..................................	50
Récapitulation. — Déclinaison des pronoms. Conjugaisons.......		52

Chapitre II. — *Les déclinaisons.*

14e Leçon.	Signes du genre : dans les déterminatifs..............	54
15e —	— — dans les noms d'êtres..............	56
16e —	— — dans les noms de choses...........	58
17o —	— — dans les adjectifs et les participes...	60
18e —	Les cas du singulier. L'accusatif....................	62
19e —	— — Le génitif et le datif singuliers..	64
20e —	Les cas du pluriel. Nominatif et accusatif............	66
21e —	— — Le génitif et le datif pluriels......	68
22e —	Noms propres : 1o de personnes, 2o de pays..........	70
23e —	Noms composés................................	72
Récapitulation. — Tableau des déclinaisons.................74 et		76

CHAPITRE III. — *Les prépositions, le lieu et le mouvement.*

Pages.

24e Leçon. Cas régis par les prépositions................... 78
  Combinaisons avec l'article et avec les pronoms....... 79
25e   —   Traduction et emploi des prépositions de circonstances. 80
26e   —   De la préposition *de* et de l'apposition.............. 28
27e   —   De la préposition *à* 84
28e   —   Des prépositions *chez, contre, sur, par*............. 86
29e   —   Locutions adverbiales et prépositives............... 88
30e   —   Adverbes de lieu et de mouvement. Verbes composés.. 90
31e   —   Verbes composés avec des prépositions.............. 92
32e   —   La particule de l'infinitif, *ʒu*.................... 94
Récapitulation. Prépositions, combinaisons, *en, y*, etc.......... 96

CHAPITRE IV. — *Les quantités, mesures et comparaisons.*

33e Leçon. Les nombres................................... 100
34e   —   Les noms de mesure, les monnaies, l'âge, etc....... 102
35e   —   Les partitifs invariables, *beaucoup, peu, assez*, etc.... 104
36e   —   Les partitifs déclinables, *tout, chaque, quelque*, etc.... 106
37e   —   *De* et *en*, partitifs 108
38e   —   Les comparaisons d'égalité, *aussi, comme, si, tel*, etc.. 110
39e   —   Les comparaisons de supériorité, *plus, moins*. 112
40e   —   Le superlatif, *le plus, le moins*.................... 114
41e   —   Les nombres ordinaux, *premier*, etc.; les multiples.... 116
42e   —   Les fractions, la moitié............................. 118
Récapitulation. — Les nombres et leurs dérivés, les partitifs, la numération 120

CHAPITRE V. — *Les temps des verbes et les divisions du temps.*

43e Leçon. Les temps des verbes : futur, passé, imparfait....... 122
44e   —   Imparfait de la conjugaison forte. Verbes en *a* ou en *e*. 124
45e   —   —   —   —   Verbes en *in, ei, ie*.. 126
46e   —   Participe passé................................... 128
47e   —   Le passé accompli : parfait, plus-que-parfait, etc...... 130
48e   —   Les temps du passif............................... 132
49e   —   Les prépositions et les adverbes de temps........... 134
50e   —   Le calendrier; date et quantième; années, mois, etc.. 136
51e   —   Le cadran; heures et moments..................... 138
Récapitulation. — Conjugaison des temps passés............... 140

APPENDICE.

Les relatifs 142
Récapitulation générale..................................... 144

TABLE PAR ORDRE ALPHABÉTIQUE.

A, 40, 42, 80, 84, 94, 134, 138.

Accent, 21, 92, 98.

Accusatif, 32, 62, 66, 78, 103, 135 et suiv.

Actif, 32, 63, 130.

Adjectif, 16, 30, 60, 71, 74, 101 et suiv., 110 et suiv.

Adoucissement, 20, 28, 56, 66, 76, 112, 114.

Adverbe, 11, 34, 36, 88 et suiv., 135.

Age, 102.

Altération, 20, 28, 124.

Apposition, 82, 108.

Article, 15, 30, 39, 54, 62 et suiv., 74, 79.

Attribut, 30, 46.

Augment, 46, 93, 129.

Auxiliaire, 44, 46, 123, 130 et suiv.

Cas, 32, 38 et suiv., 62 et suiv., 78, 135.

Chez, 86.

Combinaison, 42, 72, 79, 88 et suiv., 129.

Comparatif, 110 et suiv.

Conjugaison, 12, 26 et suiv., 44, 52, 122 et suiv., 140.

Construction, 27 à 51.

Contre, 43, 81, 87.

Date, 136.

Datif, 40, 64, 68, 78, 134.

De, 26, 38, 70, 94, 103, 105, 108.

Déclinaison, 52, chap. II, 74, 76.

Démonstratif, 15, 48, 54, 74, 79.

Déterminatif, 15, 54, 60, 74.

En, 38, 43, 79, 91, 96, 108.

Fractions, 118.

Futur, 44, 52, 122.

Génitif, 38, 64, 68, 70, 88, 135.

Genre, 54 et suiv.

Heures, 138.

Il faut, 44.

Il y a, 50.

Imparfait, 122, 124, 126.

Impératif, 27, 30, 44.

Impersonnel, 27, 50, 130.

Infinitif, 12, 44, 94, 131.

Interjection, 11, 49.

Interrogatif, 15, 27, 48, 55, 90, 104, 138.

Invariable, 11, 30, 34, 52, 71, 102, 104.

Inversion, 48, 52, 132, 142.

Jours, mois, 136.

Lieu, chap. III.

Matière, 17, 82, 83.

Mesures, 102.

Monnaies, 6, 102.

Mouvement, 78, 90.

Multiples, 117.

Négatifs, 36, 43.

Neutre, 16, 32, 57, 58, 61, 102.

Neutre (verbe), 130.

Nom, 14, 56, 58, 76.

— propre, 38, 70.

— composé, 72, 98.

Nombres, 100, 116, 118.

Nominatif, 14, 54, 66.

Numération, 121.

Orthographe, 22.

Par, 80, 87.

Parfait, 130.

Participe, 12, 46, 60, 128 et suiv.

Particules, 11, 90, 91, 94, 129.

Partitifs, 104 et suiv.

Passé, 122 et suiv.

Pays, 70, 73, 83, 85.

Personnes, 25, 52.

Pluriel, 26, 66, 68, 102.

Plus, 36, 112, 114.

Plus-que-parfait, 130.

Politesse, 24, 25.

Possessif, 40, 54, 57.

Pour, 42, 80, 94.

Préfixes, 19, 36, 46, 63, 93, 129.

Préposition, 42, chap. III, 134.

Présent, 26 et sv., 122.

Prétérit. Voir *Passé*.

Pronom, 15, 25, 32, 36, 42, 50, 54, 79, 87, 88, 108.

Prononciation, 7.

Réfléchi, 32, 38, 40, 52, 130.

Régime, 32, 38 et suiv., 62 et suiv.

Relatif, 142.

Substantif. Voir *Nom*.

Substantivement, 16, 58, 61, 95.

Suffixes, 17, 18, 36, 71, 83, 135.

Sujet, 26, 48, 51.

Superlatif, 114.

Sur, 78, 84, 87.

Syntaxe, 30, 48, 50, 54 et suiv.

Temps, chap. V.

Tout, 25, 107.

Trop, 34, 104.

Verbe, 26 et suiv., 44, 46, 50, 62, 64, 91 et suiv., 94, 122 à 133.

Voici, voilà, 48.

Villes, 70, 83, 85.

Vous, 25.

Un, 15, 30, 54, 100.

Usages, 25, 26, 136.

Y, 43, 79, 91, 96.

NOTIONS PRÉLIMINAIRES.

ALPHABET, ÉCRITURE, PRONONCIATION, DÉFINITION, FORMATION DES MOTS, ACCENT, ORTHOGRAPHE, USAGES.

Les vingt-six lettres de l'alphabet :

imprimées		écrites			imprimées		écrites		
𝔄	𝔞	A	a	a	𝔑	𝔫	N	n	n
𝔅	𝔟	B	b	b	𝔒	𝔬	O	o	o
ℭ	𝔠	C	c	c	𝔓	𝔭	P	p	p
𝔇	𝔡	D	d	d	𝔔	𝔮	Q	q	q
𝔈	𝔢	E	e	e	ℜ	𝔯	R	r	r
𝔉	𝔣	F	f	f	𝔖	ſ 𝔰	S	ſ s	s
𝔊	𝔤	G	g	g	𝔗	𝔱	T	t	t
ℌ	𝔥	H	h	h	𝔘	𝔲	U	u	u
ℑ	𝔦	I	i	i	𝔙	𝔳	V	v	v
𝔍	𝔧	J	j	j	𝔚	𝔴	W	w	w
𝔎	𝔨	K	k	k	𝔛	𝔵	X	x	x
𝔏	𝔩	L	l	l	𝔜	𝔶	Y	y	y
𝔐	𝔪	M	m	m	ℨ	𝔷	Z	z	z

Voyelles adoucies : ä ö ü ä ö ü.

Quand ces voyelles sont majuscules, on remplace d'ordinaire le tréma par un 𝔢 : 𝔄𝔢 𝔒𝔢 𝔘𝔢.

Assemblages de lettres : 𝔠𝔥 ch, 𝔠𝔨 ck, 𝔣𝔣 ff, ſſ ss, ſ𝔱 st, 𝔖𝔱 St, 𝔖𝔠𝔥 Sch, ß sz, 𝔱𝔷 tz.

CLASSIFICATION DES LETTRES.

1° VOYELLES :

Simples, celles de l'alphabet : a, e, i, o, u, y.
Doubles ou longues : aa, ee, oo, ie (pour ii).
Combinées ou *diphthongues :* ai, au, ei, eu.
Fortes ou graves : a, o, u, au.
Adoucies correspondantes : ä, ö, ü, äu.
Douces : e, i.

Il faut faire grande attention au tréma qui, en changeant la prononciation, change aussi le sens; sinon on s'exposerait à confondre, par exemple :

Hänbel (querelles) avec Hanbel (commerce, affaires).
fchön (beau) avec fchon (déjà).
zählen (compter) avec zahlen (payer).
Brüber (frères) avec Bruber (frère), etc. (voy. p. 20).

2° CONSONNES.

Doubles : ck (pour kk), ff, ll, mm, nn, rr, ff, ß (p. 33).
Combinées : ch, ng, pf, th, fch, fp, ft, ß, etc.
Sifflantes : f, s (voy. p. 23), ff, ß, fch, fp, ft, z, x, ß.
Liquides : l, m, n, r.
Dures ou fortes : p, t, k.
Douces correspondantes : b, d, g (prononcé *gue*).

Jamais S au commencement d'un mot ne précède une consonne (excepté p ou t, voy. p. 10, r. 35) sans être suivi de ch; Schmieb, Schnee, Schrift, etc.

Ne pas confondre : f et f,   fl et fi,   fi et ft,
                     f   s   fl   fi   si   st

A et U,	B et B,	N et R,	E et G,	M et W.
A U	B V	N R	E G	M W

Les Allemands emploient dans les circulaires commerciales, et dans plusieurs publications, surtout scientifiques, les mêmes lettres qu'en français. Ils en font usage aussi dans la correspondance, pour la date, l'adresse, le nom des personnes et le nom des villes.

Dans ce cas, il n'y plus qu'un signe, s, pour f et s. Et de même, plus qu'un signe, ss, pour ff et ß.

EXEMPLES D'ÉCRITURE : **Les nombres** (voy. p .100).

1 eins, 2 zwei, 3 drei,
4 vier, 5 fünf, 6 sechs,
7 sieben, 8 acht, 9 neun,
10 zehn, 11 elf, 12 zwölf,
20 zwanzig, 30 dreißig;
100 hundert; 1000 tausend.

Noms des mois (p. 137).

Januar, Februar, März,
April, Mai, Juni, Juli,
August, September, Oktober,
November, Dezember

Jours de la semaine (p. 137).

Sonntag, Montag, Dienstag,
Mittwoch, Donnerstag,
Freitag, Samstag.

Herrn und Madame X... bitten
Herren Z... ihnen die Ehre zu erzeigen
und nächsten Dienstag 2 Uhr bei
ihnen zu Mittag zu essen, und uns
empfehlen sich ganz angenehm.

———

Geehrter Herr!

Ich beeile mich, der gütigen Ein-
ladung, womit Sie mich beehrt haben,
Folge zu leisten und bitte Sie, meinen
unverbindlichsten Dank entgegen zu
nehmen. Hochachtungsvoll

———

Mein lieber Freund!

Ich bin heute ziemlich unwohl und
bitte sehr um Entschuldigung, wenn
ich diesen Abend nicht bei Ihnen er-
scheinen kann. Ergebenst

LETTRE A UN MÉDECIN, ET ADRESSE DE LETTRE.

Les mots ergebenft (très-dévoué) et hochachtungsvoll (litté-ralement : *haute-estime-plein*) sont les formules ordinaires à l'aide desquelles on termine les lettres écrites à de simples particuliers.

On trouvera dans les Compléments la liste des formules à employer suivant le rang des personnes auxquelles on écrit.

Il en est de même pour les adresses. Le libellé varie suivant la qualité des personnes. Le nom des simples par-ticuliers est ordinairement accompagné de wohlgeboren (litté-ralement : *bien né*) ou hochwohlgeboren (*hautement bien né*).

Geehrter Herr signifie : honoré Monsieur. — On ne dit pas Herr tout court. Si l'on ne veut pas y joindre d'épithète, il faut y ajouter au moins le nom de la personne avec le datif (voy. p. 40) : Herrn Müller (à Monsieur Müller).

Quoique dans les exemples ci-dessus on se soit servi des caractères allemands pour les noms propres, la date et l'adresse, il convient de s'en référer à l'observation finale de la page 2.

MODÈLE DE FACTURE : **Compte** (Rechnung) **d'un tailleur.**

Cöln, den 3. März 1874.

Rechnung

für Herrn Ulrich, Wohlgeboren

Ringenstraße, 8.

1873				Thlr.	Sgr.
Mai	7	*einen Frack verfertigt.*		6	10
		Für 2 Ellen Atlas zum			
		Futter.		2	20
Juli	9	*eine Weste*		4	
		Für Knöpfe.		1	5
			Summa:	14	5

Thl., Sgr. sont des abréviations pour Thaler (thaler) et Silbergroschen (gros, pièce argentée), monnaies de l'Allemagne du Nord (Prusse, etc.). On peut mettre aussi une colonne pour les Pfennige (deniers).

Le Pfennig (par abrév. Pf.) vaut un peu plus d'un centime.

Le Silbergroschen (12 Pfennige) vaut 12 centimes 1/2.

Le Thaler (30 Silbergroschen), pièce d'argent, vaut 3 fr. 75.

Dans l'Allemagne du Sud on compte par florins (Gulden, par abrév. Glb. ou Fl., valant un peu plus de 2 fr. 14 c.) et par kreutzer (Kreutzer, par abrév. Kr., valant un peu plus de 3 centimes 1/2). Il faut 60 Kr. pour un florin).

Le florin autrichien vaut 2 fr. 50 et a 100 kr.

Le tableau des monnaies dans la deuxième partie (Compléments) donnera des indications détaillées.

Remarquez l'addition : autant de fois on trouve 30 dans la colonne des *gros*, autant d'unités on reporte à la colonne des *thalers*.

PRONONCIATION.

Il n'est pas possible d'apprendre la prononciation dans un livre. Il faut avoir entendu un Allemand ou consulté un maître. Voici pourtant quelques indications par *à peu près*.

§ 1. — LES VOYELLES.

1. On prononce a e i o y comme en français; u = ou.

2. Les *adoucies* se prononcent :

Ae, ä = ai (comme dans geai); Oe, ö = eu; Ue, ü = u.

(Les Saxons prononcent ces dernières ö = é; ü = i.)

3. Les voyelles *doubles* se prononcent comme les simples, mais plus *longuement :* aa = â; ee = é; ie = î; oo = ô.

Les voyelles suivies d'un h se prononcent de même *longues :* ah = â; eh = ê; ieh = î; oh = ô; uh = oû.

Ainsi se remplace en allemand l'accent circonflexe.

Haar (hâr), Schnee (chné), viel (fîl), Moos (môs), Jahr (yâr), Wehr (vêr), Lohn (lôn).

4. Les voyelles sont *brèves* quand la consonne qui les suit est doublée : Ball, Bett, Narr, Rock.

5. Quand, au contraire, elles ne sont suivies que d'une consonne, elles sont plutôt longues : Blut, schmal, klar.

6. L'e à la fin des mots n'est pas *muet;* du moins il est *faible* et *bref*. C'est ce qui arrive dans les terminaisons e, el, en, er, es, etc. : Biene, Fabel, dienen, Vater, dieses.

7. Il n'y a qu'un cas où l'e soit muet, c'est quand il suit un i. Il ne sert alors qu'à allonger l'i : Liebe (lîbé), die (dî), Offizier (offitzîr).

8. Mais il faut prendre garde que i et e ne soient pas de syllabes différentes :

Asien (asi-én), Familien (famili-én), Spanier (chpani-ér).

9. Il faut prendre garde aussi que i ne soit pas un j.

Ainsi Jemand se prononce yéman'd (et non îman'd), tandis que Niemand se prononce nîman'd.

11. Les diphthongues *douces* äu, ai, ei, eu se prononcent d'une manière variable, selon les contrées de l'Allemagne, et théoriquement avec des nuances différentes.

12. En fait, l'étranger sera partout compris en les prononçant toutes : aï. L'essentiel est de produire ce son d'un seul trait de voix, comme dans *faïence*.

13. La diphthongue au, la seule forte, se prononce *aou*.

§ 2. — LES CONSONNES.

1° Celles qui sont prononcées comme en français :

b d f k l m n p q r t x pf th ck.

14. b sonne comme *p*, d comme *t*, quand, terminant un mot ou une syllabe, ils sont suivis d'un mot ou d'une syllabe commençant par une consonne, notamment par un h :

und halten (oun't haltén);   halb zwei (halp tsvaï);
Gesundheit (guésoun'thaït);   abheben (ap-hébén).

15. Mais devant une voyelle, b, d sonnent b, d.

Ce n'est guère qu'en Silésie ou en Alsace que le peuple dira : *toumér paouér*, pour dummer Bauer.

En Saxe, c'est le défaut inverse, on dit : *bost* pour Post, *laïdé* pour Leute, *gommen* pour kommen.

L'étranger n'a pas à imiter ces erreurs.

16. k au commencement des mots se lance fortement, comme un double kk : Kind, kennen.

17. l ne se mouille jamais : Brille (brilé).

18. l, n, quand ils sont suivis d'une consonne, laissent après eux un intervalle qu'on croirait rempli par un *e* muet : Kalb (kal'b), welche (vél'ché), fünf (fun'f).

19. Excepté quand n est suivi de g ou k, lang, Bank ; l'n prend alors un son nasal ; ng suivi de e se prononce presque comme notre *gn :* bringen (brignén), Engel.

20. n final sonne toujours comme s'il était suivi d'une voyelle : Ton (ne prononcez pas *ton*, mais *ton'*).

21. q et u sont inséparables (qu) : Quelle (kouéllé).

2° *Consonnes prononcées autrement qu'en français :*

c ch g h j s sch v w z tz ß.

22. c se prononce bien comme en français, *k*, devant les voyelles *fortes* a, o, u : Canal (kanal); mais *ts* devant les *douces* e, i, ä : Cicero (tsitséro).

23. ch et g se prononcent suivant leur place :

ch d'un son *rauque* (*k*), *guttural* (*rh* ou *hh*) ou *palatal* (*ch*).

g   —   (*gue*),   —   (*rh* ou *gh*)   —   (*jh* ou *ch*).

(Nous figurons imparfaitement par *rh* ou *hh* un son qui semble produit par un *r* glissant dans le gosier, avec une aspiration; par *gh*, un son produit aussi dans le gosier, mais à l'aide d'un *g*. — Et par *jh* un son qui semble produit par un *j*, voisin de *y*, également aspiré et resserré contre le palais.)

24. ch a le son *rauque* (*k*) : 1° Au commencement des mots suivi d'une consonne ou d'une voyelle *forte :*

Christ (krist), Chor (kor), Churfürst (kourfurst);

2° Avant s, si cette consonne est de la même syllabe :

Sachse (saxé), Fuchs (fouks).

25. ch a le son *guttural* (*rh* ou *hh*) après une voyelle *forte :*

Bach, Loch, Buch, Bauch.

26. ch a le son *palatal* (*ch*) : 1° Après une voyelle *douce :* Bäche (bèché), Löcher, Bücher, brechen (bréchén), mich (mich);

2° Après s et après les liquides l, n, r :

Kindisch (kin'dich), Milch (mil'ch), mancher (man'chér).

27. g a le son *rauque* (*gue*) au commencement des mots : Geben (guébén), Gift (guift), Glas (glas'), Gott.

(Les Prussiens du Brandebourg disent *yhébén, yhott.*)

28. g a le son *guttural* (suivant les provinces *rh* ou *gh*) après une voyelle *forte :* Tag, Bogen, Zug.

29. g a le son *palatal* (*jh* ou, à la fin des mots, *ch*) : 1° Après une *douce :*

legen (lé-jh-én), artig (artich

2° Après l, r : folgen (fol'jhén), besorgt (bésorcht).

1.

50. ħ au commencement des syllabes indique une forte aspiration : Haus, Krankheit, laquelle diminue entre deux voyelles : ruhig, sehe.

51. h après une voyelle est muet : Weh (vê) ; Ahn (ân).

52. h après t est muet aussi : Thaler (talér).

53. j se prononce comme *y* dans *yeux* : Jahr.

54. ſ entre deux voyelles = *z* : Roſe (rosé).

55. ſ avant une consonne = ç : laſt (last).

Mais au commencement des mots, ſ suivi de t ou de p se prononce *ch* (du moins dans le sud et dans l'ouest) : Speck (chpék), Stuhl (chtoûl).

ſch, Sch ⬛ *ch* : Schule (choulé), Schlange (chlagné).

= *sç* : Fluß (flouss), Flüſſe (flussé).

56. ſ se prononce *doux*, plutôt comme *z* que comme ç :

1° Au commencement des mots, avant un voyelle :

sie ſind ſelten (zî zind zelten);

2° A la fin des mots : Glas (presque glase).

57. v = *f*, comme f ou ph : Vater (fatér).

58. w = *v* : Wald (val't), Wetter (véttér).

59. z = *ttss* (et non pas *dz* comme les Français sont tentés de prononcer) : zu (tsou), Zahn (tsân), Zeit (tsaït).

40. tz = *ttss*, comme z : Sitz (zits) ; ß = *sç*, Stoß (chtoss).

41. Toutes les lettres se prononcent, sauf parfois ħ et e.

42. Il n'y a pas grande différence entre les prononciations de : Thon et Ton, vier et für, wider et wieder, Flug et Fluch, mehr et Meer. — Kreuz rime avec Schweiz, todt avec Noth, hold avec sollt.

Noms de provenance française.

43. Il est de bon ton, en allemand, de prononcer à la française les mots français : Bureau, Büffet, Bougie, Char=latan, Tambour, etc.

CLASSIFICATION ET DÉFINITION DES MOTS.

I. — Les particules invariables.

Mots sans conjugaison ni déclinaison, appelés :

Conjonctions, quand ils servent à lier les phrases :

et, und; ou, ober; mais, aber; car, denn;

Interjections, quand ils font phrase à eux seuls :

oui, ja; non, nein; bon! gut; merci, Dank; Dieu! Gott!

Prépositions, quand ils prennent un régime :

avec, mit; sans, ohne; pour, für; de, von, aus.

Adverbes, quand, sans prendre de régime, ils modifient ou complètent le sens des verbes ou des adjectifs.

1° Adverbes de lieu.

là, da, dort.
là, dahin, hin.
ici, hier, her.

où, wo, wohin.
quelque part, irgendwo.
nulle part, nirgends.

partout, überall.
loin, weit.
en arrière, zurück.

2° Adverbes de temps.

autrefois, ehemals.
jadis, sonst.
alors, damals.
à présent, jetzt.
maintenant, nun.
aujourd'hui, heute.
hier, gestern.
demain, morgen.
quand, wann.

à l'instant, (so)eben.
tout à l'heure, (so)gleich.
bientôt, gleich, bald.
encore, noch.
pas encore, noch nicht.
de nouveau, wieder.
enfin, endlich.
tard, spät.
tôt, früh.

longtemps, lange.
quelquefois, zuweilen.
—   bisweilen.
—   manchmal.
souvent, oft.
constamment, stets.
toujours, immer.
jamais, (nie)mals.
rarement, selten.

3° Adverbes de quantité.

beaucoup, viel.
peu, wenig.
assez, genug.
davantage, mehr.
combien, wie viel.

en partie, theils.
presque, beinahe.
à peu près, fast.
à peine, kaum.
seulement, nur.

tout à fait, gar.
entièrement, ganz.
aussi, auch.
ensemble, zusammen.
—   beisammen.

4° Adverbes de manière.

ainsi, so.
si, tellement, so.
pourquoi, warum.
comment, wie.

(à voix) bas(se), leise.
(à) haut(e voix), laut.
en vain, vergebens.
volontiers, gern.

exactement, genau.
—   gerade.
précisément, eben(so).
de même, eben(so).

II. — Les verbes.

Le verbe est à l'état *vif*, quand il a les formes personnelles de la conjugaison : « Je viens, il vient. »

A l'*infinitif*, quand il prend la forme abstraite : « Venir. »

Au *participe*, quand il prend la forme d'un adjectif : « Venu, venant. »

Neutre, quand il a un sens complet par lui-même : « Je marche ; il dort. »

Actif, quand il se complète par un régime direct : « J'envoie une lettre. »

Attributif, quand il se complète par un attribut (mot qui désigne un état) : « Je suis malheureux ; il paraît pauvre. »

Auxiliaire, quand il se complète à l'aide d'un infinitif ou d'un participe : « Je veux lire ; j'ai lu. »

L'INFINITIF.

C'est par l'infinitif que les verbes sont désignés dans les dictionnaires. On appelle *radical* du verbe ce qui en reste quand la terminaison de l'infinitif en est retranchée.

L'infinitif est toujours terminé par en : leben, vivre.

Cependant en devient simplement n : 1° Quand la syllabe précédente est el ou er (Voy. p. 22) : handeln (pour handelen), agir ; zittern (pour zitteren), trembler ;

2° Dans : thun (pour thuen), faire ; sein (pour seien), être.

LE PARTICIPE PRÉSENT.

Le participe présent n'est guère employé en allemand que comme adjectif : « La soirée fut *brillante*. »

Il est toujours semblable à l'infinitif, avec un d en plus dans la terminaison (end ou nd) :

brillant, glänzend ; charmant, reizend ; tremblant, zitternd.

LES DEUX CONJUGAISONS.

Il y a deux conjugaisons : la *faible*, où le radical reste partout intact ; la *forte*, où il est sujet à altération.

(Plusieurs grammairiens appellent *irrégulière* cette seconde conjugaison, mais à tort, car elle suit des règles.)

L'élève doit s'habituer à classer les verbes non par ordre alphabétique, mais, ce qui est plus rationnel et plus significatif, par ordre de finales et d'après la voyelle radicale.

VERBES DE LA CONJUGAISON FAIBLE.

1° Tous les verbes, la plupart d'origine française, en ir :

probiren, essayer.
ftubiren, étudier.
marſchiren, marcher.
möbliren, meubler.
rafiren, raser.
geniren, gêner.

2° Tous les verbes en ig (Voy. p. 18) :

nöthigen, obliger.
reinigen, nettoyer.
mäßigen, modérer.

3° Tous les verbes en el et er :

tadeln, blâmer.
lächeln, sourire.
ändern, changer.
hindern, empêcher.
plaudern, babiller.
zittern, trembler.

4° Tous les verbes en n précédé d'une autre consonne :

ebnen, aplanir.
rechnen, calculer.
zeichnen, dessiner.
öffnen, ouvrir.
regnen, pleuvoir.
begegnen, rencontrer.

5° Tous les verbes (sauf six) à voyelles adoucies ä, ö, ü :

nähen, coudre.
wärmen, chauffer.
gähnen, bailler.
hören, entendre.
— écouter.
wünſchen, désirer.
fühlen, (res)sentir.
füllen, remplir.
führen, conduire.

6° Tous les verbes (sauf dix) ayant pour voyelle : au, eu, o, u ou i (non suivi de n) :

glauben, croire.
rauben, voler.
bauen, bâtir.
kaufen, acheter.
brauchen, avoir besoin de.
freuen, réjouir.
hoffen, espérer.
folgen, suivre.
brohen, menacer.
holen, aller chercher.
wohnen, demeurer.
lohnen, récompenser.
ruhen, se reposer.
fuchen, chercher.
bilden, former.
ſchicken, envoyer.
fiſchen, pêcher.
irren, se tromper.

7° Plusieurs verbes à voyelle a, e, ie, ei :

ſtrafen, punir.
jagen, chasser.
fagen, dire.
fragen, demander.
machen, faire.
lachen, rire.
danken, remercier.
malen, peindre.
zahlen, payer.
traben, trotter.
leben, vivre.
reben, parler.
legen, mettre.
pflegen, soigner.
brehen, tourner.
ſtellen, placer.
lernen, apprendre.
lehren, enseigner.
ſcherzen, plaisanter.
ſetzen, placer.
lieben, aimer.
miethen, louer (prendre en location).
ſpielen, jouer.
bienen, servir.
eilen, se hâter.
zeigen, montrer.
ſpeiſen, faire un repas.
reiſen, voyager.
arbeiten, travailler.

III. — Les noms ou substantifs.

Mots qui dénomment les êtres ou les choses.

Ils sont de trois *genres :* masculins, neutres ou féminins. De plus, ils ont des formes différentes suivant qu'ils sont au singulier ou au pluriel (c'est ce qu'on appelle le *nombre*) et suivant qu'ils sont sujets ou régimes directs ou indirects (c'est ce qu'on appelle les *cas* de la *déclinaison*). — Il y a quatre cas :

Le *nominatif*, quand le nom est le *sujet* de la phrase.

L'*accusatif*, quand il est l'objet *direct* de l'action.

Le *génitif*, quand il répond à la question *de qui ?*

Le *datif*, quand il répond à la question *à qui ?*

On appelle *noms propres* ceux qui appartiennent particulièrement à une personne ou à un pays : Dieu, Gott.

Charles, Karl.	Frédéric, Friedrich.	Marie, Marie.
Louis, Ludwig.	Henri, Heinrich.	Louise, Luise.
La France, Frankreich.	L'Angleterre, England.	
L'Allemagne, Deutschland.	La Prusse, Preußen.	

On appelle *abstraits* les noms qui se rapportent à des conceptions, à des choses immatérielles :

Ehre, honneur. Sprache, langage. Freude, joie. Glück, bonheur.

Un nom est *indéfini* quand il est employé sans que l'individu ou la quantité soient désignés ; exemples :

Masculin.	Neutre.	Féminin.
du café, Kaffee.	de l'argent, Geld.	du beurre, Butter.
du jambon, Schinken.	de la bière, Bier.	du lait, Milch.
du sucre, Zucker.	de la viande, Fleisch.	de la soupe, Suppe.
du thé, Thee.	du pain, Brod.	de la peine, Mühe.
du vin, Wein.	de l'eau, Wasser.	du temps, Zeit.
du miel, Honig.	du feu, Feuer.	de la terre, Erde.

Au pluriel (il n'y a plus de genres).

des amis, Freunde.	des livres, Bücher.	des soldats, Soldaten.
des chevaux, Pferde.	des liqueurs, Liköre.	des souliers, Schuhe.
des chiens, Hunde.	des œufs, Eier.	des voitures, Wagen.
des couteaux, Messer.	des plumes, Federn.	des verres, Gläser.

IV. — **Les déterminatifs.**

On appelle *déterminatifs*, les mots servant à déterminer le genre, le nombre et le cas des noms; ce sont :

Des *articles*, quand ils accompagnent le nom;

Des *pronoms*, quand ils le remplacent.

ARTICLES.		PRONOMS	
		1° individuels.	2° absolus.

Définis.

Masc. der Mann,	l'homme.	der, celui; er, lui, il.	
Neut. das Buch,	le livre.	das, celui; es, il.	es, ce; das, cela.
Fém. die Taffe,	la tasse.	die, celle; fie, elle.	

Démonstratifs.

diefer Mann,	cet homme.	diefer, celui-ci.	
diefes Buch,	ce livre.	diefes, celui-ci.	dies, ceci.
diefe Taffe,	cette tasse.	diefe, celle-ci.	

Interrogatifs.

welcher Mann?	quel homme?	welcher, lequel.	wer? qui?
welches Buch?	quel livre?	welches, lequel.	was? quoi?
welche Taffe?	quelle tasse?	welche, laquelle.	

Partitifs ou Indéfinis.

jeder Mann,	chaque homme.	jeder, chacun.	Jedermann
jedes Buch,	chaque livre.	jedes, chacun.	[tout le monde.
jede Taffe,	chaque tasse.	jede, chacune.	
aller Wein,	tout le vin.		
alles Brod,	tout le pain.		alles, tout.
alle Mühe,	toute la peine.		[quelqu'un.
ein Mann,	un homme.	einer, un (d'eux).	man, on; Jemand
ein Buch,	un livre.	eines, un (d'eux).	etwas, quelque
eine Taffe,	une tasse.	eine, une (d'elles).	[chose.

Négatifs.

kein Mann,	aucun homme.	keiner, aucun.	Niemand, person-
kein Buch.	aucun livre.	keines, aucun.	nichts, rien. [ne.
keine Taffe,	aucune tasse.	keine, aucune.	

Possessifs.

mein Mann,	mon mari.	meiner, le mien.	
mein Buch,	mon livre.	meines, le mien.	
meine Taffe,	ma tasse.	meine, la mienne.	

Rem. — L'article indéfini *du, de la* n'existe pas. Il en est de même au pluriel, *des :* des gens, Leute (Voy. p. 14).

Pas de se dit kein; pas de peine, keine Mühe.

V. — Les adjectifs.

Mots qui servent à qualifier les noms :

aigre, fauer.	dur, hart.	haut, hoch.	paresseux, träge.
amer, bitter.	étroit, eng.	jeune, jung.	— faul.
beau, fchön.	— fchmal.	large, breit.	pauvre, arm.
bon, gut.	épais, dict.	long, lang.	petit, flein.
chaud, warm.	faible, leicht.	lourd, fchwer.	plat, eben.
— heiß.	— fchwach.	— plump.	— flach.
cher, theuer.	faux, falfch.	mauvais, übel.	propre, rein.
— lieb.	fin, fein.	— fchlecht.	profond, tief.
clair, flar.	fort, ftarf.	(méchant), böfe.	riche, reich.
— hell.	frais, frifch.	mince, dünn.	solide, feft.
court, furz.	— fühl.	mûr, reif.	sombre, dunfel.
doux, füß.	froid, falt.	neuf, neu.	studieux, fleißig.
— fanft.	grand, groß.	nouveau, neu.	vieux, alt.
— mild.	gros, dict.	niais, dumm.	vrai, wahr.

L'adjectif est attribut, épithète ou pris substantivement :

1° *Attribut :* c'est quand il est rattaché au nom par un verbe. Dans ce cas, il est invariable.

2° *Épithète :* c'est quand il accompagne le nom. Dans ce cas, l'adjectif se décline. A moins que ce ne soit un adjectif en er, dérivé d'un nom de ville. (Voy. p. 17) : Parifer, parisien ; Berliner, berlinois.

3° *Pris substantivement*, l'adjectif continue de se décliner comme s'il était épithète et qu'un nom le suivît.

S'il désigne une chose abstraite, il se met au neutre : das Wahre, le vrai ; das Schöne, le beau.

S'il désigne une personne, il en prend le genre : ein Armer, un pauvre ; eine Arme, une pauvresse.

Il ne faut pas confondre avec des adjectifs pris substantivement les *noms de nationalité*, qui sont de véritables *noms :*

Der Parifer, le Parisien.	Der Sachfe, le Saxon.
Der Engländer, l'Anglais.	Der Ruffe, le Russe.
Der Italiener, l'Italien.	Der Pole, le Polonais.
Der Spanier, l'Espagnol.	Der Preuße, le Prussien.
Der Europäer, l'Européen.	Der Oefterreicher, l'Autrichien.
Der Amerifaner, l'Américain.	Der Franzofe, le Français.

Ces noms font leur féminin en in : une Russe, eine Ruffin.

Il n'y a que der Deutfche (l'Allemand) qui soit un adjectif *pris substantivement* et se décline comme tel.

FORMATION DES MOTS.

On appelle *suffixes* et *préfixes* des syllabes qui servent à modifier le sens ou la nature des mots :

Suffixes, quand elles se mettent à la fin ;

Préfixes, quand elles précèdent le mot.

Le mot *simple* qui les reçoit devient un *dérivé*.

§ 1. EXEMPLES DE SUFFIXES (*syllabes finales*).

1° *Formant des adjectifs.*

ig (é, eux) indique la *possession* : ayant, doué de, couvert de :

Durſt, soif.	burſtig, ayant soif, altéré.
Muth, courage.	muthig, doué de courage, courageux.
Holz, bois.	holzig, couvert de bois, boisé.

lich (al, el) : la *dépendance* : propre à, appartenant à :

König, roi.	königlich, royal.
Freund, ami.	freundlich, amical.
Jahr, année.	jährlich, annuel.

iſch (ique, esque) : du pays de, dans le caractère de :

Italien, Italie.	italieniſch, d'Italie, italien.
Kind, enfant.	kindiſch, d'enfant, enfantin.
Dichter, poëte.	dichteriſch, poétique.

er (ien, ois) : *de quelle ville* une chose provient (voy. p. 16) :

Paris, Paris.	Pariſer, parisien.
Berlin, Berlin.	Berliner, berlinois.

en ou ern : *de quelle matière* une chose est faite :

Gold, or.	golden, d'or, fait en or.
Stein, pierre.	ſteinern, de pierre, en pierre.

bar : signifie *qui porte*, qui procure, susceptible de :

Frucht, fruit.	fruchtbar, (portant fruit) fertile.
Theil, part ; theilen, partager.	theilbar, partageable.

haft : ayant ; capable d'avoir :

Theil, part.	theilhaft, ayant part, participant.
Dauer, durée.	dauerhaft, durable.

los : privé de :

Gott, Dieu.	gottlos, (sans Dieu) impie.
Ehre, honneur.	ehrlos, sans honneur, infâme.

ſam : porté à :

Furcht, crainte.	furchtſam, craintif.
Arbeit, travail.	arbeitſam, laborieux.

2° *Suffixes formant des noms.*

er, dans les noms de personnes, indique :

1° (comme *ier, er, eur*) l'auteur de l'action :

reiten, monter à cheval.　　　　　Reiter, cavalier.

fiſchen, pêcher ; baðen, cuire.　　　Fiſcher, pêcheur ; Bäðer, boulanger.

2° (comme *ien, ois*) de quelle ville on est :

Paris, Pariſer, Parisien.　　　　Berlin, Berliner, Berlinois.

in indique, dans les noms de personnes, le féminin :

Pariſerin, Parisienne.　　　　　Bäðerin, boulangère.

Freundin, amie.　　　　　　　Kaiſerin, impératrice.

erei (*erie*) l'habitude, le métier, l'établissement :

Reiterei, cavalerie.'　　　　　Bäðerei, boulangerie.

ſchaft (*té, ie*) le lien, l'ensemble, les rapports mutuels :

Freund, ami ; Vater, père.　　　Freundſchaft, amitié ; Vaterſchaft, pa-

Bürger, bourgeois.　　　　　Bürgerſchaft, bourgeoisie.　[ternité.

thum (*té, at*) l'institution, l'état :

Prieſter, prêtre.　　　　　　Prieſterthum, prêtrise.

Fürſt, prince.　　　　　　　Fürſtenthum, principauté.

chen, lein (*et, ette*) la petitesse :

Garten, jardin. Tochter, fille.　　Gärtchen, jardinet. Töchterlein, fillette.

ung (*ance, ure*) la conséquence de l'action :

löthen, souder. hoffen, espérer.　Löthung, soudure. Hoffnung, espérance.

niß (*ment, tion*) l'accomplissement de l'action :

betrüben, affliger.　　　　　Betrübniß, affliction.

heit, keit (*té, ie, esse*) la qualité (keit s'ajoute aux suffixes, heit aux adjectifs simples) :

ſchön,　　beau.　　　　　Schönheit,　　beauté.

fruchtbar, fertile.　　　　　Fruchtbarkeit, fertilité.

gefällig, complaisant.　　　　Gefälligkeit, complaisance.

e (*eur*) sert aussi à changer les adjectifs en noms :

groß, grand.　tief, profond.　Größe, grandeur. Tiefe, profondeur.

3° *Suffixes formant des verbes.*

ir rend allemands beaucoup de verbes français (V. p. 13) :

raſiren, raser.　　　　　　bombardiren, bombarder.

ig change en verbes différents mots :

Schade(n), dommage.　　　　beſchädigen, endommager.

§ 2. LES PRÉFIXES OU AVANT-SYLLABES.

1° be, ent, ver, zer, er, emp, ge.

be indique *application* à un objet particulier. En même temps, il sert à former des verbes actifs :

ruhig,	tranquille.	beruhigen,	tranquilliser.
nützen,	être utile.	benützen,	utiliser.
kommen,	venir.	bekommen,	recevoir.
ja,	oui.	bejahen,	affirmer.

ent indique *dégagement, désagrégation, échappement :*

bekleiden,	habiller.	entkleiden,	déshabiller.
beschuldigen,	accuser.	entschuldigen,	disculper.
verwirren,	embrouiller.	entwirren,	débrouiller.

ver indique *perte, destruction, transformation :*

spielen,	jouer.	verspielen,	perdre au jeu.
brennen,	brûler.	verbrennen,	détruire par le feu.
achten,	estimer.	verachten,	mépriser.
groß,	grand.	vergrößern,	grossir, rendre grand.

zer indique *rupture, éclat, décomposition :*

fallen,	tomber.	zerfallen,	tomber en ruines.

er indique *gain*, résultat obtenu, achèvement :

halten,	tenir.	erhalten,	obtenir, recevoir.
hell,	clair.	erhellen,	éclairer.
trinken,	boire.	ertrinken,	se noyer.

emp n'existe que dans trois verbes, notamment empfehlen.

ge existe sans signification bien nette dans plusieurs verbes :

gefallen, plaire, etc.

ge sert surtout à former le *participe passé*, pourvu qu'il n'y ait pas déjà un autre préfixe :

ehren,	honorer.	geehrt,	honoré.
kommen,	venir.	gekommen,	venu.

Dans les noms, il indique *rassemblement, collectivité :*

Schrei,	cri (isolé).	Geschrei,	(ensemble de) cris.
wissen,	savoir.	Gewissen,	conscience.
bauen,	bâtir.	Gebäu(de),	bâtiment.

2° *Les préfixes négatifs ou contradictoires* un, miß.

un sert (comme *in* en français) à nier. — (un ne s'adapte pas à des verbes, mais quelquefois à des participes.)

möglich,	possible.	unmöglich,	impossible.
bewohnt,	habité.	unbewohnt,	inhabité.

miß (comme *mé* en français) indique un mauvais sens :

trauen,	se fier.	mißtrauen,	se méfier.

TRANSFORMATION

DES RADICAUX ET ADOUCISSEMENT.

Il arrive souvent que le mot, en passant d'un état à l'autre, subit dans son radical une altération.

Elle se produit tantôt quand un nom prend à l'aide du préfixe ge un sens collectif :

Berg,	mont.	Gebirge,	chaîne de montagnes.
Stern,	étoile.	Gestirn,	constellation.
Feder,	plume.	Gefieder,	plumage.
Pack,	ballot; Packet, paquet.	Gepäck,	bagage.

Tantôt quand certains verbes de *neutres* deviennent *actifs :*

liegen,	être étendu.	legen,	poser, coucher.
sitzen,	être assis.	setzen,	placer, asseoir.
fahren,	aller (en voiture).	führen,	conduire.
springen,	sauter.	sprengen,	faire sauter.
trinken,	boire.	tränken,	faire boire,
hangen,	être suspendu.	hängen,	suspendre.
fallen,	tomber.	fällen,	abattre.

Tantôt quand un verbe passe du présent au passé :

gewinnen,	gagner.	ich gewann,	je gagnais.	gewonnen,	gagné.
befehlen,	ordonner.	ich befahl,	j'ordonnais.	befohlen,	ordonné.
reiten,	aller à cheval.	ich ritt,	j'allais à ch.	geritten,	allé à ch.

L'*adoucissement* est une altération particulière qui consiste à changer les voyelles *fortes*, a, o, u, au, en leurs correspondantes *douces :*

a en ä, o en ö, u en ü, au en äu.

C'est ainsi que :

Schlag,	coup,	*devient au pluriel :*	Schläge,	coups.
Vogel,	oiseau,	—	Vögel,	oiseaux.
Baum,	arbre,	—	Bäume,	arbres.
jagen,	chasser,	*devient comme nom :*	Jäger,	chasseur.
backen,	cuire au four,	—	Bäcker,	boulanger.
Graf,	comte,	*devient au féminin :*	Gräfin,	comtesse.
Hund,	chien,	—	Hündin,	chienne.
lang,	long,	*devient comme nom :*	Länge,	longueur.
stark,	fort,	—	Stärke,	force.
roth,	rouge,	*devient comme verbe :*	röthen,	rougir.
warm,	chaud,	—	wärmen,	chauffer.
Macht,	puissance,	*devient comme adjectif :*	mächtig,	puissant.
Holz,	bois,	—	hölzern,	en bois.

Quand aa s'adoucit, il devient simple, ä : Saal, Säle.

ACCENTUATION.

Il ne suffit pas de bien prononcer chaque lettre pour être compris; il faut encore donner à chaque syllabe sa valeur et faire ressortir la plus importante par un effort de la voix. C'est ce qu'on appelle *accentuer*.

Pour *accentuer* une syllabe, il faut, sans changer de ton, lancer fortement les consonnes qui la composent.

Quand le mot n'a qu'une syllabe, pas de difficulté : on l'accentue plus ou moins, selon qu'il est plus ou moins significatif. Les articles ber (le), ein (un) ne s'accentuent pas à moins qu'on n'y mette une intention.

Quand le mot a plusieurs syllabes, il faut rechercher si ce n'est pas un composé de mots distincts, car alors il y a autant d'accents que de mots :

Milchtopf,	pot à lait.	(Milch, lait;	Topf, pot.)
Vorsicht,	prévoyance.	(vor, avant;	Sicht, vue.)

ou si c'est un mot unique. Dans ce cas, il faut distinguer de la racine les syllabes accessoires, qui sont ou des terminaisons, ou des suffixes, ou des préfixes. (Voy. p. 17.)

Les *terminaisons* (syllabes finales qui servent à conjuguer ou décliner) ne sont jamais accentuées.

Les *suffixes* ne prennent jamais l'accent quand ils suivent immédiatement la racine du mot : Schönheit, fruchtbar.

Quand ils en sont séparés par une syllabe non accentuée, ils prennent un demi-accent : Wissenschaft, Gefälligkeit.

Les *préfixes* be, ent, emp, er, ber, zer, ge ne sont jamais accentués. Mais les préfixes négatifs un et miß le sont ordinairement.

La *racine* est toujours accentuée, à moins que le préfixe ne le soit lui-même.

Quant aux mots de provenance française, ils ont presque tous l'accent sur la dernière syllabe :

Soldat, General, Präsident, Provinz, Offizier.

ORTHOGRAPHE.

§ 1. LES TERMINAISONS.

On appelle *radical*, le mot tel qu'il est avant d'avoir reçu aucune terminaison.

Et *terminaisons*, les lettres finales qui s'ajoutent au radical comme signe de conjugaison ou de déclinaison.

Les terminaisons ont toutes pour base la voyelle e :

1° *pour conjuguer*, ce sont : e, en, eſt, et.
2° *pour décliner*, — e, en, em, er, eß.

L'e de ces terminaisons se prononce faiblement é. Souvent même l'usage l'a supprimé, comme on le verra. Ainsi zu Bette (au lit) peut aussi se dire zu Bett. Autrefois, on écrivait er reiſet (il voyage), aujourd'hui er reiſt (ou reiſt).

Particularité des mots finissant par e.

Les mots finissant par e ne prennent jamais de terminaisons sans perdre leur e final. On ne met pas e sur e :

Straße, rue, *pluriel :* Straßen (et non Straßeen).

Particularité des mots finissant par el, er, en.

Les terminaisons eß et et perdent leur e quand elles s'ajoutent à un mot finissant par el, er, en :

Klingel, sonnette, man klingelt (et non klingelet), on sonne.
edel, noble, edels (pour edeles), noble (au *neutre*).
ander, autre, anders ou anderes (les deux sont admis).
Garten, jardin, Gartens (et non Gartenes).

Il en est de même des terminaisons em, en quand elles s'ajoutent à un mot finissant par el, er :

Klingel, sonnette, klingeln (et non klingelen), sonner. (Voy. p. 12.)
edel, noble, edelm, edeln (pour edelem, edelen).
ander, autre, anderm, andern (ou anderen).

Dans d'autres cas, c'est l'e du radical au contraire qui disparaît, surtout si le mot est en el :

Klingel, sonnette, ich klingle (pour klingele), je sonne.
edel, noble, edle (pour edele), edler (pour edeler).

§ 2. — *Les deux formes de la lettre ⌠ : ß, ſ.*

On emploie ſ au commencement et dans l'intérieur des mots, — ß à la fin : bas Glas, le verre ; des Glases, du verre.

On trouvera cependant ß dans l'intérieur d'un mot à la fin d'une syllabe : c'est quand cette syllabe appartient à un radical auquel est venu s'adjoindre soit un suffixe, soit un autre mot : glashart, dur comme verre, Glasauge, œil de verre.

Dans les verbes comme reiſen, voyager ; ſpeiſen, prendre un repas ; leſen, lire ; blaſen, souffler, ſ se change en ß devant la terminaison t :

er reißt, il voyage.   er liest, il lit.   er bläst, il souffle.

D'autres fois cependant on écrit ſ't ou ſt :

gereiſ't ou gereiſt, voyagé.

§ 3. — *Les deux formes ff et ß :*

A la fin des mots ff est remplacé par ß :

des Fluſſes, du fleuve.   der Fluß, le fleuve.

Mais l'inverse n'a pas toujours lieu :

der Fuß, le pied.   des Fußes, du pied.

L'usage apprendra cette nuance peu importante.

§ 4. — *La lettre majuscule.*

On écrit en majuscule la première lettre :
— de tous les noms (propres ou communs) :

Reiter, cavalier.   Reiterei, cavalerie.   Irrthum, erreur.

— de tous les autres mots pris substantivement :

das Eſſen, le manger.   das Wahre, le vrai.   ein Armer, un pauvre.

— des adjectifs formés de noms de ville :

Pariſer, parisien.   Leipziger, de Leipsick.

— des pronoms suivants : Jemand, quelqu'un ; Niemand, personne ; Sie, vous ; Ihr, votre.

§ 5. — *L'apostrophe.*

Elle indique la suppression arbitraire d'une voyelle :

wie geht's (pour geht es) ? comment cela va-t-il ?

On met, si l'on veut, l'apostrophe après un nom propre quand ce nom propre prend le signe du génitif ß :

Karls ou Karl's, de Charles.   Afrika's, de l'Afrique.

Usages de civilité. — QUALIFICATIONS.

On trouvera plus de détails à ce sujet dans la deuxième partie aux chapitres *Correspondance, salutations, formules de politesse, titres et dignités.* — Pour le moment, avant d'avoir étudié la langue, voici ce qu'il importe de savoir :

§ 1. — *Quand on parle de quelqu'un :*

Le monsieur, der Herr ; la dame, die Dame ; la demoiselle, das Fräulein.

1° Quand le nom suit :

Monsieur (M.) Müller, Herr (Hr.) Müller.
Madame Müller, Madame Müller.
Mademoiselle Müller, Fräulein Müller.

Au pluriel :

Messieurs (MM.) N. et N., die Herren (HH.) N. und N.
Mesdames N. et N., die Damen N. und N.
Mesdemoiselles N. et N., die Fräulein NN.

2° Quand le titre suit :

Monsieur le comte, der Herr Graf.
Madame la comtesse, die Frau Gräfin.

3° Quand la parenté suit :

Monsieur votre père, Ihr Herr Vater.
Madame votre mère, Ihre Frau Mutter.
Mademoiselle votre sœur, Ihre Fräulein Schwester.

§ 2. — *Quand on interpelle quelqu'un.*

On use beaucoup moins qu'en français du *Monsieur*. En français, on se croit obligé par exemple de dire Monsieur après les mots *oui* et *non*. Les Allemands s'en dispensent. Après le mot Monsieur ils mettent souvent le nom :

Monsieur, mein Herr, ou simplement Herr, Herr N.
Messieurs, meine Herren id. Herren.
Madame, Madame (N.) au pluriel : Mesdames, meine Damen.
Mademoiselle, (mein) Fräulein.
Mesdemoiselles, meine Fräulein ou junge Damen (jeunes dames).

Quand le titre suit :

Monsieur le comte, Herr Graf.
Madame la comtesse, Frau Gräfin.

A un ami : mein Freund (mon ami), mein Lieber (mon cher).
A un *garçon* de café ou d'hôtel, etc. : Kellner.

CHAPITRE PREMIER.

LES VERBES ET LA CONSTRUCTION DE LA PHRASE.

———

NOTIONS PRÉLIMINAIRES SUR LES PERSONNES.

Il y a trois personnes : 1° celle qui parle ; 2° celle à qui l'on parle ; 3° celle dont on parle.

1ʳᵉ Personne :

Au singulier : moi, je, iᵏ; au pluriel : nous, wir.

2ᵉ Personne :

La 2ᵉ personne (bu, toi ; iᴽr, vous) n'existe pas dans le langage poli de la société. Du est familier ou poétique. Ihr, vous, ne s'adresse qu'à des gens qu'on traite sans façon, à de vieux serviteurs, à une foule, à des soldats dans les commandements militaires. Un étranger aura donc rarement à faire usage de la 2ᵉ personne. Aussi, la négligeant dans les premières leçons, comme trop peu usuelle, en reléguons-nous l'étude à la fin de la deuxième partie.

La 2ᵉ personne se remplace par la 3° du pluriel, même quand on s'adresse à *un seul* individu. Ainsi :

« Vous jouez » se dit : *Ils jouent.*

On écrit alors ſie (ils) avec une majuscule : Sie, vous.

3ᵉ Personne :

Au sing. :
$\left\{\begin{array}{l} \text{Mascul., lui, il, er} \\ \text{Neutre, ce, il, es} \\ \text{Fémin., elle, } \text{ſie} \end{array}\right\}$ au plur. : ils, eux, elles, ſie.

Pronoms absolus.

Nous avons énuméré, page 15, les pronoms absolus :
Das, cela ; bies, ceci ; es, ce, il (impersonnel) ; was ? quoi ? etwas, quelque chose ; nichts, rien ; alles, tout ; wer ? qui ? man, on ; Jemand, quelqu'un ; Niemand, personne ; Jedermann, chacun, tout le monde.

2

PREMIÈRE LEÇON. — **Le verbe au présent.**

I. TERMINAISONS PERSONNELLES DU VERBE.

1. A l'indicatif présent de tous les verbes, la terminaison de l'infinitif, qui est toujours en ou n (voy. p. 12) : leben, vivre ; handeln, agir, est remplacée au *singulier* par les suivantes :

1re personne : —e   ich lebe, je vis,   ich handle, j'agis,
3e personne : —t   er lebt, il vit.   er handelt, il agit.

2. *Rem.* — Dans les verbes comme handeln, dont le radical finit par el (voy. p. 22), l'e de ce radical disparaît à la 1re personne du singulier : handle (pour handele).

3. Au *pluriel*, ces deux personnes, la 1re et la 3e, sont toujours semblables à l'infinitif :

1re pers. : —en   wir leben, nous vivons,   wir handeln, nous agissons,
3e pers. : —en   sie leben, ils vivent.   sie handeln, ils agissent.

4. Quant à la 2e personne, *vous vivez*, nous savons (voy. p. 25) qu'on y supplée par la 3e du pluriel, *ils vivent*, Sie leben.

Cas où la terminaison t devient et.

5. Avant la terminaison t, on intercale un e (et) quand le radical finit lui-même par t, th ou d :

bluten, saigner.   3e *pers. sing.* : er blutet, il saigne.
warten, attendre.   er wartet, il attend.
miethen, louer (prendre en location).   —   er miethet, il loue.
reden,   parler (discourir).   —   er redet, il parle.

6. Il en est de même après la consonne n ou m :

rechnen, calculer, compter ;   er rechnet, il calcule.
athmen, respirer ;   er athmet, il respire.

7. A moins que n ou m ne soit double ou ne soit précédé d'une voyelle ou d'un h simple :

gähnen, bailler, er gähnt.   brennen, brûler, er brennt.
weinen, pleurer, er weint.   schwimmen, nager, er schwimmt.
lernen (apprendre) fait à la 3e pers. sing. : er lernt.

CONSTRUCTION. — *Place du verbe et du sujet.*

8. Quand on *énonce*, le sujet se met le premier :

chacun travaille, Jedermann arbeitet.

9. Quand on *ordonne*, le sujet se met après le verbe :

payons (*payons nous*),   bezahlen wir.
permettez (*permettez vous*) erlauben Sie.

10. Quand on *interroge*, il en est de même :

Comprenez-vous ? verstehen Sie ? — peint-il ? malt er ?

11. A moins que le sujet ne soit un mot *interrogatif* (wer ? qui ? was quoi ?). L'interrogatif se met toujours le premier :

Qui appelle ? wer ruft ? — qu'est-ce qui brûle ? was brennt ?

12. Quand on nie «ne» ne se traduit pas :

Personne ne répond (*personne répond*), Niemand antwortet.

VOCABULAIRE ET EXERCICES. — I. *Verbes à conjuguer.*

Appliquer les règles à tous les verbes de la page 13.
Indiquer l'infinitif des verbes suivants :

On frappe,	man klopft.	Excusez,	verzeihen (Sie).
On sonne,	man klingelt.	Faites voir,	zeigen Sie.
Il pleut,	es regnet.	Essayons,	versuchen wir.
Il neige,	es schneit.	Je me tais,	ich schweige.
nous gelons,	wir frieren.	Il souffre,	er leidet.
Il fume,	es raucht.	Monte-t-il à che-	reitet er ?
Il boit,	er trinkt.	Écrit-il, [val	schreibt er ?
Elle crie,	sie schreit.	Chante-t-elle ?	singt sie ?

Indiquer les règles qui s'appliquent à ces exemples.

II. VERSION. Regnet es ? nein [11], aber [11] es schneit. Karl [14] weint. Warum ? [11] Leidet er ? Ja, er blutet. Zeichnen Sie ? Nein. Versuchen Sie. Spielen [13] wir ? Verzeihen Sie, ich arbeite. Sie scherzen [13]. Eilen [13] Sie, ich warte. Schweigen Sie. Man ruft, man schreit. Warum lächeln Sie ? Irre [13] ich ? Ja, Sie irren. Jagen [13] Sie ? Nie [11], aber ich fische [13], reise [13], zeichne und male. Er studirt [13]. Luise [14] arbeitet. Schreibt sie ? Nein, sie ruht [13]. Es friert.

THÈME. Attendez. Étudions-nous ou jouons-nous ? Pourquoi pleurez-vous ? Répondez. Je souffre, je gèle. Il tremble, elle aussi [11]. Pourquoi tremblent-ils ? Ils gèlent. Dessine-t-elle ? Pas encore [11], elle apprend. Dépêchons-nous, il attend. Qui frappe ? Personne ne frappe. Comprenez-vous ? Oui, je comprends. Pleut-il ? Non, il gèle. Fumez-vous ? Il se tait. Pourquoi crie-t-elle ? Taisez-vous. Écrivez.

Nota. Les numéros renvoient aux pages où se trouve l'explication.

2e LEÇON. — **Le verbe au présent** (*suite*).

II. ALTÉRATION DU RADICAL
à la 3e personne du singulier de l'indicatif présent.

Dans certains verbes de la conjugaison *forte* (voy. p. 12), la 3e personne est non-seulement marquée par la terminaison *t*, mais encore par une *altération* consistant à changer dans le radical :

1. —a en ä   ſchlafen,   dormir,   er ſchläft,   il dort.
2. —e en i   ſprechen,   parler,   er ſpricht,   il parle.
3. —ch en ieh   ſehen,   voir,   er ſieht,   il voit.

4. Les verbes qui ont d'autres voyelles au radical n'ont pas d'altération analogue à subir, excepté :

laufen, courir; er läuft.   ſtoßen, pousser, er ſtößt.
ſaufen, s'abreuver, boire, ſäuft.   erlöſchen, s'éteindre, er erliſcht.
(se dit des bêtes et des ivrognes).   (löſchen, *éteindre*, ne s'altère pas).

Cas où la terminaison t disparaît :

5. Quand leur radical finit par t, th ou d, les verbes altérables (au lieu de prendre la terminaison et, règle 5, p. 26) rejettent toute terminaison à la 3e personne du singulier :

halten, tenir, s'arrêter;   er hält (pour hältet).
rathen, donner conseil;   er räth (pour räthet).
werden, devenir;   er wird (pour wirdet).

Par exception treten, marcher, fait : er tritt.

Et laden, charger, fait : er lädt (ou mieux : er ladet).

ORTHOGRAPHE. — *Verbes en ſſ ou ſ* (voy. p. 23).

6. ſſ se change en ß, ſ en ß devant la terminaison t :

eſſen, manger, er ißt. blaſen, souffler, er bläſt.

AVIS.

Nous donnons ci-contre, par ordre de finales (ce qui est plus important que l'ordre alphabétique) la liste complète des verbes *simples* altérables à la 3e personne du singulier de l'indicatif présent. — Bien entendu il faut ajouter à ces verbes ceux qui en sont *dérivés* à l'aide de préfixes (p. 19), car les préfixes ne changent rien à la conjugaison. Ainsi :

empfehlen (recommander) suit la loi de befehlen (commander).
mißfallen (déplaire) suit la loi de gefallen (plaire).

VOCABULAIRE. — *Verbes altérables au présent.*

Radical en ä :
Graben, creuser.
Schlafen, dormir.
Schlagen, battre.
Tragen, porter.
Fangen, prendre.
Hangen, pendre.
Waschen, laver.
Rathen, donner conseil.
Fallen, tomber.
Gefallen, plaire.
Fahren, aller (en voiture).
Blasen, souffler.
Lassen, laisser.
Waschen, laver.
Halten, s'arrêter, tenir.

Radical en e :
Geben, donner.
Sterben, mourir.
Verderben, se gâter.
Werben, rechercher.
Werden, devenir.
Werfen, jeter.
Helfen, aider.
Treffen, atteindre.
Verbergen, cacher.
Brechen, casser.
Sprechen, parler.
Stechen, piquer.
Erschrecken [a], s'effrayer.
Schwellen, enfler.
Essen, manger.
Vergessen, oublier.
Messen, mesurer.
Fressen, dévorer.

Fechten, combattre.
Flechten, tresser.
Gelten, valoir.
Schelten, injurier.
Treten, marcher.
Schmelzen, se fondre.

Radical en eh :
Sehen, voir, regarder.
Geschehen, advenir.
Befehlen, commander.
Stehlen, dérober.

Radicaux divers :
Laufen, courir.
Saufen, s'abreuver.
Stoßen, pousser.
Erlöschen, s'éteindre.

Exception à la règle 2 : lesen (lire) fait : liest. Exception à la règle 3 : nehmen (prendre) fait : nimmt.

[a] erschrecken, dans le sens actif de *effrayer* ne s'altère pas.

EXERCICES.

I. Conjuguer les verbes ci-dessus en appliquant les règles de cette leçon et de la précédente.

II. Schlafen Sie? Nein, ich lese. Ludwig[14] läuft, aber Karl hält. Ich reite [27] aber Luise [14] fährt. Erschrickt sie? Nein, sie lacht[13]. Essen Sie? Sehen Sie, ich esse. Wer spricht? Niemand spricht, jedermann schweigt und hört[18]. Geben Sie. Das schwillt. Befehlen Sie. Ißt er?

III. Der Mensch (l'homme) ißt, der Hund (le chien) frißt. Der Schnee (la neige) schmilzt. Der Regen (la pluie) fällt. Der Fluß (le fleuve) wächst. Der Wagen (la voiture) hält. Das Eis (la glace) trägt. Der Puls (le pouls) schlägt. Das Bier (la bière) verdirbt. Die Sonne (le soleil) sticht.

IV. Charles court, il s'effraye, il s'arrête, il tombe; chacun rit. Personne ne parle, tout le monde écoute. Qui commande? moi. Lisez-vous? volontiers. Et lui? Lit-il? Non, il dort. Qu'advient-il? Pourquoi court-on? Cela pique. Prenez. Rien ne se gâte. Courez.

V. L'homme boit, le chien s'abreuve. Le sucre (der Zucker) fond. La neige tombe. La lune (der Mond) croît. Le cocher (der Kutscher) s'arrête. L'enfant (das Kind) dort. Mon pied (mein Fuß) enfle.

2.

3e LEÇON. — Les dépendances du verbe.

I. *L'attribut et les verbes attributifs* (ÊTRE, etc.)

1. Les verbes sont *attributifs*, quand ils servent à rattacher une qualification au sujet : ſein, être ; werben[29], devenir ; ſcheinen, paraître ; heißen, s'appeler, etc.

ſein (être) a une conjugaison exceptionnelle :

ich bin, je suis.   wir ſind, nous sommes.
er iſt, il est.   ſie ſind, ils sont (vous êtes).
à l'impératif : ſeien Sie, soyez.

2. L'attribut peut être un adjectif ou un participe (soit présent, soit passé). Il est alors invariable :

Vous êtes beau, belle, beaux ou belles,	Sie ſind ſchön.
Je suis guéri, ou guérie,	ich bin geheilt.
Ils sont charmants. Elles sont charmantes,	ſie ſind reizend.
Vous paraissez triste, ou tristes,	Sie ſcheinen traurig.
Ils deviennent grands ; elles grandissent,	ſie werden groß.
Restez tranquilles,	bleiben Sie ruhig (ou ſtill).
Cela sent bon,	das riecht gut.

3. Ce peut être un nom :

Je suis officier,	ich bin Offizier.
Je me fais soldat,	ich werbe Soldat.
Je m'appelle, je me nomme Jean,	ich heiße Johann.

4. Quand c'est un nom de nationalité, on le fait précéder de ein, un (féminin, eine, voy. p. 15) :

Je suis Français (*un* Français),	ich bin ein Franzoſe.
Elle est Française,	ſie iſt eine Franzöſin.

5. *C'est*, es iſt, ou das iſt. *Ce sont*, es ſind, das ſind :

Qui est-ce ? wer iſt es ?	C'est M. X..., es iſt Herr X...
C'est une dame, ce sont des dames,	es iſt eine Dame, es ſind Damen.
Qu'est-ce ? C'est du pain.	was iſt es ? Das iſt Brod.
Est-ce cher ? C'est bon marché.	iſt das theuer ? es iſt billig.

6. *C'est* suivi d'un pronom personnel se tourne ainsi :

C'est moi (*je suis ce*),	ich bin es (ich bin's).
C'est lui ; ce sont eux,	er iſt es ; ſie ſind es.

7. Le pronom es (par abrév. 's) traduit l'attribut *le*, quand *le* signifie : cela, ce que nous disons.

Êtes-vous malade ? Je *le* suis.   Sind Sie krank ? Ich bin es.

CONSTRUCTION. — *Place de l'attribut.*

8. Toutes les dépendances du verbe, quand il est à l'état *vif* (p. 12), se mettent après lui) sauf les interrogatifs) :

Je suis bien portant, id) bin woȟl. Est-ce clair ? iȷt es deutlid) ?
Êtes-vous soldats ou officiers? find Sie Soldaten oder Offiziere?

VOCABULAIRE. *Adjectifs* (voy. p. 16) *et locutions attributives.*

Werden (devenir) sert à traduire des verbes, comme « grandir, vieillir », etc., qui indiquent une transformation.

Je vieillis, id) werde alt. Je me guéris, id) werde geȟeilt.
Il se refroidit, er wird falt. Il tombe malade, er wird franf.

Avoir dans les phrases suivantes se tourne par fein :

J'ai chaud, froid (*je suis chaud, froid*), id) bin warm, falt.
J'ai sommeil, faim, soif, id) bin ȷd)läfrig, ȟungrig, durȷtig.

Certaines locutions attributives se rendent par des verbes :

être debout, ȷteȟen ; être assis, ȷiȷen ; être couché, liegen.

EXERCICES.

I. Placer un verbe attributif, tel que : Je suis, il reste, il devient, etc., devant les adjectifs de la page 16.

II. Sind ȷie franf ? Nein, id) bin woȟl. Sie ȷd)einen ȷd)wad) aber Sie ȷind ȷtarf. Was iȷt das ? Das iȷt Brod. Seien ȷie glüdlid) (heureux). Es iȷt Mode (la mode). Wie ȟeißen Sie ? id) ȟeiße Heinrid). Und er ? Er ȟeißt Karl. Iȷt Karl fleißig ? Wer flingelt ? Id) bin es. Iȷt Herr *** müde ? Wie ȟeißt das ? das ȟeißt Café. Sind Sie ȷid)er (sûr) ? ja, id) bin es. Er wird ȷd)läfrig.

III. Iȷt Luiȷe eine Franzöȷin ? Nein ȷie iȷt eine Italienerin (Italienne). Sind Sie falt? Sind Sie durȷtig? Wer ȷiȷt ? es iȷt ein Franzoȷe. Wer ruft? wir ȷind es. Sind Sie fleißig ? id) bin es. Wer iȷt es ? Iȷt er es? Nein, es iȷt Luiȷe. Iȷt es waȟr ? Riȷd)t das gut?

IV. Avez-vous faim? Non, j'ai soif. Qui est-ce? c'est un soldat. Comment s'appelle cela? Cela s'appelle Papier. Êtes-vous Français? Oui, je suis Français. Qui est assis ? C'est M. X. Êtes-vous bien portant? Non, je suis malade. C'est étrange (ȷeltȷam), car vous êtes grand et paraissez fort. Vous êtes assis et je suis debout. Elles sont paresseuses [16].

V. Charles est malade ? Est-ce vrai? Oui, il est faible, il a froid, il a sommeil. Est-ce du café [14]? Non, c'est de l'eau [14]. Qui frappe? sont-ce des amis [14]? Oui, c'est nous. Nous sommes fatigués. Restez tranquilles. Est-ce cher ? Non, c'est bon marché. Qu'est cela ? c'est de la bière [14]. Qui êtes-vous ? Je suis officier. Qui est malade? c'est moi. Est-elle âgée (alt) ? oui, elle l'est. Ils paraissent pauvres, mais ils sont riches.

4ᵉ LEÇON. — Dépendances du verbe (*suite*).

II. *Le régime.* — *Régime direct ou accusatif.* — Verbes actifs.

1. Les verbes sont *actifs* quand ils ont un régime direct :

« Manger » isolément est *neutre ;* il devient actif dans « manger du pain ». On dit du régime direct qu'il est à l'*accusatif* et du sujet qu'il est au *nominatif* (p. 14).

2. L'accusatif prend quelquefois une forme spéciale. Nous en avons des exemples en français dans *je, tu, il,* qui deviennent *me, te, le,* comme régimes directs.

3. Parmi les pronoms personnels ou absolus (p. 25), les seuls qui varient à l'accusatif sont :

ich	acc.	mich, me ;	il m'appelle,	er ruft mich.
wir		uns, nous ;	il nous voit,	er sieht uns.
er		ihn, le ;	je l'estime,	ich achte ihn.
wer ?		wen ? qui ?	qui aime-t-il ?	wen liebt er ?

4. Jemand, Niemand, peuvent prendre en : Jemand(en).

5. Pour les autres, sie (elle, eux, etc.), dies, das, was, Jedermann, nichts, etwas, alles, es, le nominatif sert d'accusatif :

Qu'achète-t-il ? was kauft er ?　Il ne vend rien, er verkauft nichts.
Les connaît-on ? kennt man sie ? Nommez-la, nennen Sie sie.

6. Le pronom es traduit l'accusatif *le* signifiant : *cela.*

On le dit, man sagt es ;　Espérez-le, hoffen Sie es.

Le Pronom réfléchi, sich, se soi.

7. A la 3ᵉ personne, l'accusatif doit être sich chaque fois qu'il représente la même personne que le sujet. On dit alors que le verbe est refléchi :

Il s'enrhume	(*il enrhume soi*)	er erkältet sich.
Elle se plaint	(*elle plaint soi*)	sie beklagt sich.
Ils s'étonnent	(*ils étonnent soi*)	sie wundern sich.
Vous soignez-vous ?	(*soignent-Ils soi*)	pflegen Sie sich ?
Asseyez-vous	(*asseyent-Ils soi*)	setzen Sie sich.

8. A la 1ʳᵉ personne on emploie l'accusatif ordinaire :

Je me venge ; ich räche mich.　Cachons-nous, verbergen wir uns.
Nous nous rendons, wir ergeben uns.

CONSTRUCTION. — *Place du régime.*

9. Toutes les dépendances du verbe, quand il est à l'état *vif* (p. 12), se mettent après lui (sauf les interrogatifs) :

Je l'aime et l'estime,	ich liebe und achte ihn.
M'entendez-vous? je vous entends,	hören Sie mich? ich höre Sie.
Comment vous portez-(*trouvez*) vous?	Wie befinden Sie sich?

10. Le régime prend place avant l'attribut :

Tenez-vous prêt, ou prêts,	halten Sie sich bereit.
Je le trouve poli,	ich finde ihn höflich.

VOCABULAIRE. — *Verbes actifs* (p. 13).

Je vous prie (ich) bitte (Sie). J'en suis charmé (das) freut mich.

Avoir, haben (qui fait à la 3e pers. du sing. er hat pour habt) :

Il a le temps, er hat Zeit ;   raison, Recht ;   tort, Unrecht.

Faire (matériellement), machen ; (au moral, thun).
(thun pour thuen, est régulier au présent, ich thue, er thut) :

Il fait du feu, er macht Feuer.   Faites le bien, thun Sie gutes.

Rendre, suivi d'un attribut, machen :

Cela me rend malade, m'inquiète, das macht mich krank, unruhig.

EXERCICES.

I. Was sucht [18] er? Er sucht Bücher [14]. Was wünschen [13] Sie? Ich wünsche Brod. Habe ich Unrecht? Er thut nichts. Setzen wir uns. Lernen Sie deutsch (l'allemand)? Ja, ich lerne es. Das freut mich. Halten Sie sich warm. Was höre ich? Verbergen Sie sich. Sie zeigt Muth (du courage). Ich kenne Niemand. Essen Sie etwas, ich bitte. Warum sagen sie das? Halten Sie es geheim (secret). Verstehen Sie deutsch? Noch nicht [11]. Rufen Sie Jemanden? Wen rufen Sie? Ergeben Sie sich. Wäscht [20] er sich? Wer ruft mich? Sie sagen nichts. Sie haben Unrecht. Haben Sie Appetit (de l'appétit)? Macht das Sie krank?

II. Avez-vous du pain? Qui cherchez-vous? Je cherche Louis. Le trouvez-vous? Comment se porte-t-il? Se soigne-t-il? Que fait-il? Il se tient chaud. Je ne crains [13] rien. Vous montrez du courage. Connaissez-vous madame X... Oui, je la connais. Comment se porte-t-elle? Parle-t-elle allemand? Vous avez raison. Je n'appelle personne. Elle s'assied. Se tient-elle prête? Comment la trouvez-vous? Parlez français (französisch). Je tiens cela secret. Je le trouve malade. Nous voit-il? Appelez-le. Il nous cherche. Apprend-il l'allemand? Que désirez-vous? Je désire du vin [14]. Prenez [23] du sucre [14]. Cela ne fait rien. Je vous écoute [13]. Comment dites-vous cela? Comment nomme-t-on ceci? Faites du feu.

5° LEÇON. — L'adverbe.

1. Les adverbes sont relatifs au *lieu*, au *temps*, à la *manière*, à la *quantité*. Ces derniers sont aussi des pronoms.

1° *Interrogatifs :*

Lieu : wo? où?   manière : wie? comment?
Temps : wann? quand?   quantité : wie viel? combien?

2° *Positifs :*

Lieu : irgendwo, quelque part;   manière : so, ainsi,
überall, partout; weit, loin;   gern, volontiers (etc.).
hier, ici; da, dort, là;   viel, beaucoup.
Temps : manchmal, quelquefois;   quantité : etwas, quelque peu.
immer, toujours; oft, sou-   wenig, peu; mehr, plus.
jetzt, à présent; [vent;   genug, assez.

3° *Négatifs :*

Lieu : nirgends, nulle part;   manière : nicht, pas.
Temps : nie(mals), jamais;   quantité : nichts, rien.

2. La plupart des adjectifs (et même quelques participes présents) peuvent sans changement servir d'adverbes :

gut signifie : bon et bien;   froh, gai, gaiement.
schlecht, mauvais et mal;   traurig, triste, tristement.
recht, juste et bien;   langsam, lent, lentement.
ganz, entier, entièrement;   ziemlich, passable(ment).
     reizend, ravissant; reizend schön, belle à ravir.

3. Les adverbes suivants servent spécialement à modifier des adjectifs ou d'autres adverbes :

sehr, très : très-vite, sehr schnell; très-bon, sehr gut.
recht (dans le sens de *très*) : bien cher, das ist recht theuer.
gar, *tout à fait, fort :* il est fort pauvre, er ist gar arm.
zu, *trop :* trop peu, zu wenig; trop bon, zu gütig.
so (dans le sens de *si, tant, tellement*) : si peu, so wenig.
wie (dans le sens de *combien*) : combien de fois? wie oft?

Sauf sehr, ces adverbes, avec le sens ci-dessus, ne sauraient s'employer isolément après un verbe. Ainsi pour dire *trop, tant, combien,* on est obligé d'ajouter à zu, so, wie le mot viel (beaucoup) :

     Il mange trop, er ißt zu viel;   combien? wie viel?

4. L'adverbe selbst, *même, en personne,* sert à renforcer le pronom personnel : Et vous-même? und Sie selbst?

CONSTRUCTION. — *Place de l'adverbe.*

5. L'adverbe, quand il modifie un verbe à l'état *vif*
p. 12), se met, comme toute autre dépendance, après lui :

Donnez vite, geben Sie schnell.

6. L'adverbe prend place après le régime :

On vous comprend facilement, man versteht Sie leicht.

7. A moins que le régime ne soit indéfini (p. 14) :

Je bois souvent de l'eau, ich trinke oft Wasser.

8. L'adverbe prend place avant l'attribut :

Je le trouve rarement seul, ich finde ihn selten allein.

9. Sauf genug (assez) qui peut se mettre après :

C'est assez plaisant, es ist komisch genug.

10. L'adverbe, s'il modifie un autre adverbe, le précède :

Il parle assez bien allemand, er spricht ziemlich gut deutsch.

VOCABULAIRE. — *Adverbes* (voy. p. 11).

Gern (volontiers) sert à traduire *aimer.*

Aimez-vous rire ? (*riez-vous volontiers ?*) lachen Sie gern ?
Aimez-vous le thé ? (*buvez-vous volont. du thé ?*) trinken Sie gern Thee ?
Gefälligst (s'il vous plaît), gütigst (avec bonté), traduisent *veuillez :*

veuillez permettre, erlauben Sie gütigst.

EXERCICES.

I. Wo wohnt Herr K*** ? Er wohnt hier. Wer ist da ? Wie
zeichnet sie ? Sie zeichnet schlecht. Sprechen Sie gefälligst langsam.
Leidet er viel ? Ja, und er athmet schwer (difficilement). Das ist
recht weit. Es ist ganz wahr. Wir sind sehr durstig. Wo sind Sie ?
Sind Sie da ? Ich bin hier. Sie läuft immer zu schnell. Karl ist oft
krank. Er liest geläufig (couramment). Er schläft vielleicht (peut-
être). Bleiben Sie noch etwas. Warum sind Sie so traurig ?

II. Lisez-vous couramment ? Parlez, s'il vous plaît, à haute voix.
Vous êtes bien aimable (gütig). J'ai très-faim. Je dors très-peu. Il est
entièrement guéri. Louise est très-studieuse (fleißig), mais elle écrit rarement. Où demeurez-vous ? Qui est là ? Il se cache peut-être. Je me
porte toujours très-bien. Vous le dites presque. Aimez-vous la soupe ?
Qu'aimez-vous boire ? Il me sert (bedient) bien. Elle parle facilement
l'allemand. Aimez-vous voyager ? Vous avez peut-être soif. Vous parlez
trop peu. Il dort trop. Est-il ici ? Veuillez répondre.

6e LEÇON. — **Les Négations.**

1. Les négations se doublent en français de *ne* : Je *ne* vais *nulle* part, je *ne* veux *rien*. Elles sont simples en allemand : *ne* se supprime (voy. p. 27, r. 11), on dit : *je veux rien*.

2. Les mots *négatifs* sont articles, pronoms ou adverbes :

Article : kein [15], aucun, pas un, pas de (fémin. et plur. : keine).
Pronoms : Niemand, personne; keiner, nul; nichts, rien.
Adverbes : nicht, pas; nirgends, nulle part; nie(mals), jamais.

3. En outre, il y a un préfixe, un, et une finale, los (sans), qui donnent aux mots un sens négatif (voy. p. 19) :

endlich, final(ement), enfin;   unendlich, infini(ment).
sicher, sûr; unsicher, peu sûr.   recht, bien; unrecht, pas bien.
Ehre, honneur; ehrlos, infâme.   Kraft, force; kraftlos, débile.

4. Nicht s'emploie comme négatif des verbes :

Il ne rit pas, er lacht nicht. Ne pleurez point, weinen Sie nicht.

5. Ou devant les adjectifs et les adverbes :

Ce n'est pas bête, es ist nicht dumm.
Elle n'est pas mal (pas laide), sie ist nicht übel (nicht unschön).
Ce n'est pas très-bien, es ist nicht sehr gut.

6. Mais devant les noms indéfinis, nicht ne s'emploie pas; pour traduire *pas un*, *pas de*, il faut kein [15] (fém. et plur. : keine) :

Il n'est pas Prussien (*pas un* [30, r. 4] Prussien), er ist kein Preuße.
Ce n'est pas du bois, es ist kein Holz.
Il n'a pas de chevaux, er hat keine Pferde.

7. Les négatifs peuvent être modifiés par des adverbes :

Presque pas, fast (ou beinahe) nicht;   rien du tout, gar nichts.
Pas encore (*encore pas*), noch nicht;   non plus (*aussi pas*), auch nicht.

8. *Plus*, comme négatif, n'existe pas. On le traduit par un des négatifs précédents suivi de mehr (plus, davantage) :

Il n'est plus jeune (pas jeune davantage), er ist nicht mehr jung.
Ce n'est plus un écolier, er ist kein Schüler mehr.

9. *Ne que* se tourne par nur (seulement) :

Je ne suis qu'une élève, ich bin nur eine Schülerin.
Il n'est encore que soldat, er ist nur Soldat ?

CONSTRUCTION. — *Place du Négatif.*

10. Le négatif, suivant qu'il est adverbe ou pronom, sujet ou régime, prend la place voulue par les règles précédentes :

1ʳᵉ Leçon,	r. 8 :	Personne ne reste, Niemand bleibt.
—	r. 10 :	Personne ne reste-t-il ? Bleibt Niemand ?
4ᵉ Leçon,	r. 9 :	Vous ne mangez rien, Sie essen nichts.
5ᵉ Leçon,	r. 5 :	Il ne voyage jamais, er reist nie.
—	r. 6 :	Je ne le crois pas, ich glaube es nicht.
—	—	Je ne vois pas Charles, ich sehe Karl nicht.
—	r. 7 :	Je ne bois jamais de thé, ich trinke nie Thee.
—	r. 8 :	Il n'est jamais très-actif, er ist nie sehr thätig.

VOCABULAIRE. — *Locutions négatives.*

N'est-ce pas ? nicht war ? Cela n'est pas (das ist) nicht wahr; pas un mot de plus, kein Wort mehr; c'est un tort, es ist unrecht.

Le Préfixe un. — *Mots à traduire :*

möglich, possible, unmöglich.
würdig, digne, unwürdig.
nütz, nützlich, utile, unnütz.
gewiß, certain, ungewiß.
artig, gentil, poli, unartig.
glücklich, heureux, unglücklich.
unwahr, ungern, unruhig, unweit, unwohl.

EXERCICES.

I. Changer en phrases négatives les exercices précédents.

II. Sie trinken nicht. Ich bin nicht wohl. Essen Sie nicht zu viel. Sind Sie keine Französin ? Das ist nicht möglich. Ich verstehe nicht. Er schläft nicht genug. Wir wohnen nicht hier. Er spielt nicht gern. Sie ist nicht groß genug. Warten Sie nicht ? Das ist kein Wein. Ich bin nur Soldat; ich bin noch nicht Offizier.

III. Er thut nichts. Ich kenne Niemand. Es macht nichts. Habe ich Unrecht ? Ich sage das nicht. Es ist unrecht. Sind Sie faul ? Ich bin es nicht. Ich spreche ungern. Das ist unnütz. Sie ist nicht hungrig. Sie bleiben nicht lange. Es ist nicht genug [11]. Ich bin kein Soldat. Sie schreiben noch nicht sehr gut. Es regnet nicht mehr.

IV. Il n'est jamais fatigué. Ne parlez plus. Nous ne sommes pas heureux. Nous ne demeurons pas ici. Ce n'est pas possible. Ne le dites pas. Ce n'est pas mal. Elle ne pleure jamais. Pourquoi ne restez-vous pas tranquille ? Il ne pleut pas souvent. Je ne suis plus jeune. Ce n'est pas sûr. Ne restez-vous pas ? Il ne dort presque pas. Ce n'est pas assez. Je n'ai pas faim. Il n'a plus soif. Il ne rit pas volontiers. Ne parlez pas si haut [11]. Ce n'est pas moi. Ne vous effrayez pas. N'êtes-vous point fatigué ? Je ne me porte pas bien. Elle ne boit jamais de vin.

7ᵉ LEÇON. — **Les régimes indirects.** — I. *Le Génitif*.

1. Le génitif est une forme qui traduit souvent notre *de*. Il est le plus souvent gouverné par un nom; quelquefois par des adjectifs; rarement par des verbes.

2. § 1. *Génitif des pronoms :*

1ʳᵉ pers. : ich, uns; de moi, meiner; Pl. : de nous, unfer.
3ᵉ pers. : er, es; de lui, feiner;) — d'eux, d'elles,
 — fie; d'elle, ihrer;)   ihrer.

De vous se traduit par la 3ᵉ pers. du pluriel : Ihrer.

3. Le pronom réfléchi fich (soi) n'a pas de génitif. On y supplée par le pronom ordinaire : feiner, ihrer.

4. Jemand, Niemand, prennent au gén. es : Niemandes. Jedermann prend s : de tout le monde, Jedermanns.

5. Wer? qui? fait au génitif : de qui? Weffen? Was? quoi? a le même génitif, mais rarement employé.

6. Weffen, avec le verbe fein, traduit *à qui?*
 à qui est cela (*de qui* est cela)? Weffen ift das?

7. Das, cela, fait au génitif : de cela, deffen.

8. Comme pronom indéfini, es signifiant *ce*, *le*, n'a pas de génitif; on y supplée par le génitif de das, deffen, qui traduit notre génitif *en :*
 J'en suis sûr (de cela), ich bin deffen gewiß (ou ficher).

9. Etwas, nichts, alles ne varient pas au génitif :
 Il n'est capable de rien, er ift nichts fähig.
 Se souvient-il de quelque chose? entfinnt er fich etwas?

 § 2. *Génitif des noms propres de personnes.*

10. Les prénoms masculins prennent au gén. s (ou 's), ainsi que les féminins finissant en a :
 Karl, *Gén.* : Karls, de Charles; Emma, *Gén.* : d'Emma, Emma's.

11. Mais les prénoms féminins en e et les masculins en z prennent ens.
 Fritz, *Gén.* : Fritzens, de Fritz; Marie, *Gén.* : Mariens, de Marie.

12. Gott, Dieu, fait au génitif : Gottes.

CONSTRUCTION. — *Place du Génitif.*

13. Le génitif prend place après le régime direct :

Je m'en prive (*je prive moi de cela*), id) beraube mid) beſſen.

14. Il se met avant l'adjectif qui le gouverne :

C'est digne de lui (*de lui digne*), es iſt ſeiner würdig.

15. Gouverné par un nom, il se met après.

16. Cependant il est reçu que le génitif, surtout s'il consiste en un seul mot, se mette avant le nom qui le gouverne, lequel doit alors s'employer sans article :

C'est le livre de Charles (*de Charles livre*), es iſt Karls Bud).
C'est le devoir de chacun (*de chacun devoir*), es iſt Jedermanns Pflicht.

17. Weſſen commence toujours la phrase, et ordinairement il est suivi du nom qui le gouverne :

De qui est-ce le chapeau (*de qui chapeau*) ? weſſen Hut iſt das?

VOCABULAIRE. — *Adjectifs et verbes gouvernant le génitif.*

Verluſtig, dépouillé; ſchuldig, coupable, redevable; müde, las.
eingedenk, qui se souvient : j'ai gardé le souvenir (de), id) bin eingedenk.
er bedient ſid), il se sert.   er erinnert ſid), il se souvient.
er befleißt ſid), il s'applique.   entledigen, débarrasser (de).
er rühmt ſid), il se vante.   beſchuldigen, accuser (de).

EXERCICES.

I. Nehmen Sie Niemandes Vermögen (fortune, bien). Das iſt Ihrer unwürdig. Entſinnen Sie ſid) deſſen. Sind Sie etwas ſicher? Weſſen ſind Sie gewiß? Wo ſind Johann's Bücher? Er ſpottet (se moque) meiner. Weſſen Schuld (faute) iſt es? Id) bediene mid) deſſen nid)t. Erinnern Sie ſid) Fritzens? Wo iſt Luiſens Tante (tante)? Weſſen beſchuldigen Sie mid)? Id) beſchuldige Sie nid)ts. Weſſen Freunde ſind das? Es ſind Ludwig's Freunde. Entledigen Sie mid) deſſen. Weſſen bin id) ſchuldig. Id) befleiße mid) deſſen.

II. En êtes-vous sûr? De quoi m'accuse-t-on? De quoi suis-je coupable? Ne vous vantez de rien. Vous souvenez-vous de moi? Est-ce digne de vous? J'en suis las. Débarrassez-vous-en. A qui est ce livre? Je cherche le chapeau de Louise. Où sont les amis de Jean? De quoi est-il capable? Je ne suis sûr de rien. Se souvient-il de Louise? Non, je ne me souviens pas d'elle. Ils se moquent de nous. De qui est-ce la faute? Je suis dépouillé de tout. Il ne se prive de rien. Servez-vous-en. Je me souviens de lui. En a-t-il gardé le souvenir?

8ᵉ LEÇON. — **Régimes indirects** (*suite*).

II. LE DATIF.

1. Le *datif* est une forme qui traduit souvent *à*.

2.   § 1. *Datif des pronoms :*

1ʳᵉ pers. : idⱨ, unᵇ; à moi, mir; *Plur.* : à nous, unᵇ.
3ᵉ pers. : er, eᵇ;   à lui, iⱨm; ⎱ —   à eux, à elles,
  —   fie;   à elle, iⱨr; ⎰   iⱨnen.

A vous se remplace par la 3ᵉ pers. du pluriel : Iⱨnen.

3. Sidⱨ (soi) ne varie pas au datif : à soi, fidⱨ.

4. Iemanᵈ, Niemanᵈ peuvent prendre en : Niemanᵈ(en).
  Iebermann ne varie pas au datif : à chacun, Iebermann.

5. Wer? qui? change au datif r en m : à qui? wem?

6. Waᵇ? quoi? ne s'emploie guère au datif, qui est : waᵇ?

7. Daᵇ, cela, s'évite également au datif, qui est : bem.

8. Comme pronom indéfini, eᵇ (ce) est sans datif. Nous verrons comment on y supplée pour traduire *y*.

9. Nidⱨtᵇ, etwaᵇ, ne varient pas au datif : nidⱨtᵇ, etwaᵇ.

10. Alleᵇ, tout, change au datif ᵇ en m : à tout, allem.

§ 2. *Datif des noms propres de personnes.*

11. Les noms propres ne varient pas au datif. Cependant, aux féminins qui prennent enᵇ au génitif, on peut donner la terminaison en : à Marie, Marien.

Traduction de à *indiquant la possession.*

12. *à* après le verbe *être*, « ceci est *à* moi » ne se traduit pas par le datif. (On ne dirait pas : baᵇ ift mir.)

Quand on veut indiquer la possession dans un pronom personnel, on emploie un adjectif possessif : mein, mien; fein, sien (à lui); iⱨr, sien (à elle), leur; unfer, notre :

C'est à moi (*c'est mien*), eᵇ ift mein.
La victoire est à nous (est *notre*), ber Sieg ift unfer.

13. Il vaudra mieux, dans ce sens, employer geⱨören (appartenir), après lequel il faut le datif :

C'est à moi (ça m'appartient), baᵇ geⱨört mir.

CONSTRUCTION. — *Place du datif.*

14. Gouverné par un verbe, le datif se place, comme tout régime (voy. p. 33):

Il nous déplait (*il déplaît à nous*), er mißfällt uns.

15. Il prend place avant le régime direct :

Je vous apporte du fruit, ich bringe Ihnen Obst.
Cela ne fait tort à personne, das thut Niemanden Schaden.

16. Cependant es, ihn, sie, peuvent passer avant le datif :

Je le lui prête, ich leihe es ihm ; il me les donne, er gibt sie mir.

17. Gouverné par un adjectif, le datif se met avant lui :

Cela m'est facile (*à moi facile*), es ist mir leicht.

VOCABULAIRE. — *Verbes et adjectifs gouvernant le datif :*

danken, remercier.	schmeicheln, flatter.	genügen, suffire.
drohen, menacer.	verzeihen, pardonner.	schicken, senden, envoyer.
folgen, suivre.	begegnen, rencontrer.	gehorchen, obéir.
helfen, aider.	gleichen, ressembler.	dienen, nützen, servir.
rathen, conseiller.	versprechen, promettre.	schaden, nuire.

cela fait du bien, das thut wohl; — (du) mal, weh(e).|
nöthig, nécessaire; angenehm, agréable; schädlich, nuisible.
leid, affligeant, douloureux; lieb, cher; nützlich, utile.

EXERCICES.

I. Gehört das Ihnen? Nein, das gehört mir nicht. Schicken Sie mir Wein. Was bringen Sie uns? Ich bringe Ihnen Bücher[14]. Wem gehört das? Das gehört Niemand(en). Er gibt sich Mühe[14]. Sie thun mir wehe. Thut das Ihnen wohl? Ich glaube Ihnen. Das ist uns unmöglich. Karl droht Ihnen. Das ist mir leid. Versprechen Sie es mir. Ich danke Ihnen. Sie sagen ihm nichts. Zeigen Sie uns Bücher. Wem schickt er Brod? Verzeihen Sie ihm? Er leiht Niemanden Geld[14]. Ich bin Ihnen unendlich[36] verbunden (obligé). Sie scheinen mir sehr jung.

II. Cela m'est agréable. Laissez-moi du vin[14]. Il ne m'obéit pas. Cela ne vous appartient pas. C'est à moi. Pourquoi me menacez-vous ? Rien ne lui est impossible. A qui écrivez-vous ? Cela ne sert à rien. Conseillez-moi. Il vous ressemble. Répondez-moi. Je vous remercie. A qui envoyez-vous des livres? Lui prêtez-vous de l'argent? Je ne lui pardonne pas. Aidez-moi. Que vous dit-il ? Il ne me dit rien. Il ne me répond pas. Me le promettez-vous? Il se donne de la peine[14]. Apportez-nous du thé. Suivez-moi. Cela ne me suffit pas.

9ᵉ LEÇON. — **Régimes indirects** (*suite*).

III. RÉGIMES COMPLEXES (*avec une préposition*).

1. Les prépositions veulent ou l'accusatif ou le datif. Elles seront étudiées p. 78. Citons pour le moment :

1° *Parmi celles qui veulent l'accusatif :*

für, *pour :*   payez pour moi, bezahlen Sie für mich.

gegen, *envers :*   poli envers chacun, gegen Jedermann höflich.

—   *contre :*   tout est contre lui, alles ist gegen ihn.

ohne, *sans :*   il ne fait rien sans vous, er thut nichts ohne Sie.

über, pris dans ce sens : *au sujet de :*

    Il s'étonne (au sujet) de tout, er wundert sich über alles.

um, *au sujet de :* de quoi s'agit-il ? um was handelt es sich ?

—   *pour :*   cela va mal pour eux, es steht übel um sie.

wider, *contre :*   je parie contre lui, ich wette wider ihn.

2° *Parmi celles qui veulent le datif :*

an, *à* (quand *à* indique situation, attribution) :

    C'est à mon tour, à moi, es ist an mir.

mit , *avec :*   Il reste avec vous, er bleibt mit Ihnen.

    Je le fais avec plaisir, ich thue es mit Vergnügen.

    Il est couvert de poussière, er ist mit Staub bedeckt.

nach, *après .*   Après qui demandez-vous ? Nach wem fragen Sie ?

    Nous cherchons (après) du secours, wir suchen nach Hülfe.

von , *de :*   de qui parlez-vous? Von wem sprechen Sie ?

    C'est bien mal de votre part, das ist sehr schlecht von Ihnen.

zu, *à :*   ce n'est bon à rien , es taugt zu nichts.

Combinaison avec das et was.

2. Les prépositions se combinent avec das et was :

dafür, pour cela.	womit? avec quoi?
daran, à cela, y.	wozu ? à quoi ?
damit, avec cela.	worüber? à quel sujet?
darüber, à ce sujet.	warum ? pourquoi ?
davon, de cela, en.	etc.

    Qu'en faites-vous? was machen Sie damit ?

    Je m'en réjouis, ich freue mich darüber.

Mais ce ne serait pas une faute de dire über das.

CONSTRUCTION. — *Place du régime complexe :*

3. Le régime complexe se met après le régime simple :

Il se donne du mal pour rien, er gibt sich Mühe für (ou um) nichts.

4. Et même après l'adverbe, soit négatif, soit positif :

Il ne se plaint pas de vous., er beklagt sich nicht über Sie.

5. Gouverné par un adjectif, il se met ordinairement avant; cependant il peut parfois se mettre après :

Je suis content de lui, ich bin mit ihm zufrieden.
Cela est facile à des artistes, das ist leicht für Künstler.

VOCABULAIRE. — *Verbes et adjectifs gouvernant un régime complexe :*

Je vous demande(rais) du pain,	ich bitte Sie um Brod.
Parlez-lui de moi,	sprechen Sie von mir mit ihm.
Je vous en suis reconnaissant,	ich bin Ihnen dafür dankbar.
J'en suis heureux,	ich bin darüber (ou dessen) froh.
J'y suis habitué (à cela),	ich bin daran gewohnt.
De qui vous plaignez-vous ?	über wen beklagen Sie sich ?
A quoi cela sert-il? à quoi bon ?	Wozu (taugt ou nützt) das ?
Il y sont déjà disposés,	sie sind schon dazu geneigt.
A quoi vous occupez-vous ?	Womit beschäftigen Sie sich ?

Rem. Par ces mots : dazu, daran, on traduit souvent *y*; par ces mots : davon, darüber, darum, dafür, damit, souvent *en*.

EXERCICES.

I. Von wem spricht man? Worüber wundern Sie sich? Er ist damit wenig zufrieden. Wozu das? Sprechen Sie nicht mehr davon. Bezahlen Sie für mich. Haben Sie damit genug? Ich bekümmere (inquiète) mich nicht darum. Was denken Sie davon? Nach wem fragen Sie? Beklagen Sie sich über mich? Nein, ich beklage mich nicht über Sie. Um was handelt es sich? Ich bürge (réponds) dafür. Ich bin ohne Geld 14. Ist es an Ihnen oder an mir? Sind Sie mit mir zufrieden? Was sagen Sie dagegen?

II. Ne parlez plus de cela. Pourquoi vous en inquiétez-vous ? Je vous demanderais du vin. Je suis sans amis. Vous vous donnez du mal pour rien. Il ne se plaint pas de vous. De qui se plaint-il ? Il ne se plaint que de moi. Restons avec lui. De qui parlez-vous ? Je ne m'en réjouis pas. Elle y est habituée. Ils ne vous en sont pas reconnaissants. Est-il content de vous ? Nous en sommes heureux. Nous parlons de vous. De quoi s'agit-il ? Parlez-lui-en. Nous y sommes prêts.¹⁵

10e LEÇON. — **L'infinitif et ses auxiliaires**.

1. On appelle *auxiliaires de l'infinitif* certains verbes qui peuvent prendre comme attribut un infinitif.

1° *Les six auxiliaires irréguliers.*

2. Parmi les auxiliaires d'infinitifs, six ont une conjugaison à part. Leurs 1re et 3e personnes du singulier se passent de terminaisons et exigent dans le radical un changement de voyelle (follen excepté) :

können, pouvoir,	ich,	er	fann.
mögen, pouvoir (supposition : *il se peut*),	—	—	mag.
dürfen, pouvoir (liberté, permission),	—	—	barf.
müssen, devoir (nécessité : *il faut que*),	—	—	muß.
follen, devoir (décision : *on veut que*),	—	—	foll.
wollen, vouloir,	—	—	will.

3. Le pluriel est régulier, donc semblable à l'infinitif.

4. Können a aussi le sens de *savoir, être capable de :*

Je sais (parler) l'allemand, ich fann beutfch (fprechen).

5. Il est un verbe qui n'est pas auxiliaire, mais qui se conjugue de même et signifie aussi *savoir :*

wiffen, savoir (ne pas ignorer), ich, er weiß.

2° werben, *signe du futur.*

6. Werben, prenant le sens qu'ont parfois en français les verbes *compter, devoir, aller,* sert à former le futur :

Je resterai (je vais, je dois, je compte rester), ich werbe bleiben.
Il sera libre, er wirb frei fein.
Il deviendra riche, er wirb reich werben.

Avec gleich, bientôt, werben a tout à fait le sens futur d'*aller :*

Il va pleuvoir, es wirb gleich (ou balb) regnen.

3° laffen, laßt uns.

7. Laffen a le sens tantôt de *laisser,* tantôt de *faire :*

Laissez-moi dormir, laffen Sie mich fchlafen.
Il me fait attendre, er läßt mich warten.

8. La locution laffen Sie uns (ou plus brièvement laßt uns) traduit souvent notre 1re personne de l'impératif :

Courons, laffen Sie uns (ou laßt uns) laufen.

CONSTRUCTION. — *Place de l'infinitif.*

9. L'infinitif se met après toutes ses dépendances :

Voulez-vous m'acheter des livres ?	wollen Sie mir Bücher kaufen ?
Il se fait accompagner de Jean,	er läßt sich von Johann begleiten.
Soyons honnêtes,	lassen Sie uns ehrlich sein.
Je ne peux pas m'en priver,	ich kann mich dessen nicht berauben.
Il faut parler peu, mais bien,	man muß wenig aber gut sprechen.
Ce doit être un médecin,	es muß ein Arzt sein.
Il faut le laisser dormir,	wir müssen ihn schlafen lassen.

VOCABULAIRE. — *Autres auxiliaires de l'infinitif.*

fühlen, sentir.	machen, faire.	lehren (acc.), enseigner.
sehen [29], voir.	thun —	lernen, apprendre.
hören, entendre.	heißen, ordonner.	helfen [29] (datif), aider.

Il me dit (m'ordonne) de venir, er heißt mich kommen.
Je ne l'entends pas crier, ich höre ihn nicht schreien.
Il m'apprend à lire l'allemand, er lehrt mich deutsch lesen.

gehen, aller; bleiben [30], sont auxiliaires dans ces locutions :

Il reste couché, er bleibt liegen [31]; il reste assis, er bleibt sitzen.
Il reste levé, arrêté, er bleibt stehen; il se promène, er geht spazieren.

EXERCICES.

I. Ich lerne reiten. Können Sie zeichnen? Er hört sich gern sprechen. Bleiben Sie nicht liegen. Fahren [29] wir spazieren? Nein, ich gehe schlafen. Wir bleiben nicht gern sitzen. Helfen Sie ihm das tragen [13]. Lassen Sie uns ruhig essen. Sie machen mich lachen. Was macht Sie weinen? Nichts macht ihn zittern. Lassen Sie mich das sehen. Ich höre klopfen. Er lernt lesen. Lassen Sie das wärmen [13].

Sie will mir nicht gehorchen. Wir müssen warten. Ich kann mich nicht beklagen. Es wird Sie krank machen. Das mag wahr sein. Ich kann nicht schlafen. Ich werde es nicht sagen. Ich will es nicht mehr leiden. Wer weiß? Wissen Sie es? Lassen Sie uns spazieren gehen.

II. Puis-je vous être utile ? Savez-vous écrire ? Je vais vous montrer des livres. Je serai bientôt prêt [33]. On ne peut plus respirer ici. Il faut nous dépêcher [13]. Doit-il venir? Appelons-le ? Elle va se promener. Je vous vois sourire. Aidez-nous à trouver cela. Il ne nous laisse pas parler. Sait-il peindre ? Il faut vous y appliquer. Je ne puis le souffrir. Cela vous fera mal. Que voulez-vous boire ? Je vais sonner. Je le lui dirai. Allez-vous lui écrire ? Dois-je le faire ou non? Je ne sais pas. Écrivons. Ne laissez rien tomber. Ne le faites plus travailler. Cela vous aide-t-il à nager [26]? Buvons. Chantons. Il apprend à monter à cheval. Le voyez-vous venir?

3.

11ᵉ LEÇON. **Le participe passé et ses auxiliaires.**

Le Passif.

1. Le participe passé (que nous apprendrons plus tard à former), est caractérisé :

1° Par le préfixe ou *augment* ge, quand le verbe n'a pas déjà un autre préfixe, be, er, ver, ge, etc. (voy. p. 18.) ;

2° Par une terminaison, qui est :
t (ou et) dans les verbes de la conjugaison *faible* (v. p. 13) :

pflegen, soigner, gepflegt.   verwunden, blesser, verwundet.

en dans ceux de la conjugaison *forte* (voy. p. 12), notamment dans ceux de la 2ᵉ leçon :

schlafen, dormir, geschlafen.   geschehen, advenir, geschehen.

3° Quelquefois, en outre, dans les verbes de la conjugaison *forte*, par une altération de la voyelle radicale :

brechen, briser, gebrochen.   schreiben, écrire, geschrieben.
werben, devenir, geworben.   finden, trouver, gefunden.
thun, faire, gethan.   verlieren, perdre, verloren.

2. Le verbe est au *passif*, quand il représente l'action non exécutée par le sujet, mais reçue par lui. Il y a deux passifs :

3. 1° Le *passif action :* « je suis attendu ». L'action n'est pas finie, elle est en train de s'accomplir. Ce passif se reconnaît à ce qu'on peut le tourner par l'actif : « on m'attend ». Il faut alors pour auxiliaire werben :

Je suis attendu (on m'attend), ich werde erwartet.
Ils sont poursuivis (on les poursuit), sie werden verfolgt.

4. 2° Le *passif résultat :* « Je suis sauvé ». La chose est faite, et l'on constate simplement ce qui en est résulté. Il faut alors pour auxiliaire sein :

Je suis sauvé, ich bin gerettet,
C'est dit, es ist gesagt ; est-ce sucré ? ist es gezuckert ?

5. Le participe passé sert encore, comme nous le verrons, à former le *passé accompli :* « j'ai dormi ». Il prend alors ordinairement pour auxiliaire haben, quelquefois sein :

J'ai dormi, ich habe geschlafen ;   je suis tombé, ich bin gefallen.

CONSTRUCTION. — *Place du participe.*

6. Le participe se place comme un attribut ordinaire (p. 31).

7. S'il dépend d'un infinitif, il se met avant lui (p. 45) :

Je serai (je vais être) vengé, idj werbe gleidj gerädjt fein.
Elle sera punie, fie wird geftraft werben.

8. Comme l'infinitif, il se met après ses dépendances :

C'est fait de moi, es ift um midj gefdjehen (*advenu*).
Il est tombé malade, er ift frant geworben (*devenu*).
J'ai acheté du vin, idj habe Wein gefauft.

VOCABULAIRE. — *Participes passés.*

lu, gelefen.	fait, gemadjt.	venu, gefommen.
vu, gefehen.	entendu, gehört.	gagné, gewonnen.
donné, gegeben.	guéri, geheilt.	parlé, gefprodjen.
mangé, gegeffen.	aimé, geliebt.	pris, genommen.

geworben, après un participe passé, perd l'augment ge :

Je me suis guéri (suis *guéri devenu*), idj bin geheilt worben.

EXERCICES.

I. Idj habe Ihnen bas fdjon² gefagt. Werben Sie gut gepflegt? Ja, und idj werbe geheilt. Was haben Sie gefehen? Er hat fidj wehe gethan. Sie haben nidjts gemadjt. Idj habe alles gehört. Er ift Solbat geworben. Wir haben verloren. Idj habe midj verwun= bet. Das ift gut gefagt. Was haben Sie gefauft? Sind Sie müde geworben? Wie ift ihm bas gefdjehen?

II. Sie hat nidjts gehört. Idj habe nodj nidjts gegeffen. Er ift reidj geworben. Alles ift verloren. Warum find Sie nidjt gefom= men? Sie werben erwartet. Was haben Sie genommen? Ift bas nidjt zu viel gezudert? Wie find Sie frant geworben? Haben Sie gut gefdjlafen? Er wirb von Jebermann geliebt.

III. Qu'avez-vous mangé? Nous sommes attendus. Je les ai déjà vus. Que vous a-t-il dit? Je suis vengé. Êtes-vous tombé? Je suis poursuivi. Ce n'est pas encore vendu. Qui a dit cela? Est-il bien soigné? Que lui a-t-il donné? A qui l'avez-vous dit? Je n'ai rien entendu. Avez-vous bien dormi? Je suis bien soigné. Tout est brisé. Je n'ai encore rien écrit. Avons-nous gagné ou perdu? Nous sommes sauvés. Vous a-t-il donné quelque chose? Il ne m'a rien dit. Ils sont tombés. Je suis pris. Ils seront punis. Par (von) qui êtes-vous aimé? Il n'est aimé de personne.

12ᵉ LEÇON. — **Inversion du sujet après le verbe.**

Formes interrogatives, présentatives, exclamatives.

1. Le sujet se met après le verbe dans les interrogations (voy. p. 27) :

Charles vient-il ? (*vient Charles ?*) kommt Karl ?
Louise est-elle malade ? (*est Louise malade ?*) ist Luise krank ?
Où M. X. demeure-t-il ? (*où demeure M. X. ?*) wo wohnt Herr *** ?

Rem. En français, le pronom *il, elle*, que nous mettons après le verbe, fait double emploi avec le sujet. Ce pronom superflu ne se traduit pas.

2. Le sujet se met encore après le verbe chaque fois que la phrase commence par un autre mot :

Enfin ils sont d'accord (*enfin sont-ils...*), endlich sind sie einig.
Demain j'aurai de l'argent, morgen werde ich Geld haben.

3. Cela arrive notamment quand on veut mettre un mot en relief ; au lieu de présenter ce mot comme en français à l'aide de la locution *c'est*, on commence simplement par lui :

C'est là qu'il demeure (*là demeure-t-il*), dort wohnt er.
C'est ainsi que vous travaillez ? so arbeiten Sie ?
C'est ce que je ne sais pas, das weiß ich nicht.
C'est demain jeudi, morgen ist Donnerstag.
Ce n'est pas à moi qu'il faut le dire, mir muß man das nicht sagen.

4. De même dans les interrogations, on ne traduit pas cette locution emphatique : *est-ce qui, est-ce que* ?

Est-ce que je me trompe ? (*me trompé-je ?*) irre ich ?
Qui *est-ce qui* parle ? (qui parle ?) wer spricht ?
Quand *est-ce que* vous viendrez ? wann kommen Sie ?

5. Quand *c'est* le sujet même qu'on veut mettre en relief, il n'y a pas d'autre ressource que de l'*accentuer* (p. 24) :

C'est vous qui êtes patient, Sie sind geduldig.
Moi, je suis pauvre, ich bin arm.

Rem. On ne redouble pas en allemand le pronom personnel ; on ne dira pas par exemple : *vous, vous* êtes riche ; *moi, je*, etc.

6. La locution présentative : « voici, voilà » se tourne en commençant la phrase par *ici, là* :

Me voici (*ici suis-je*), hier bin ich ; le voilà (*là est-il*), da ist er.
Voici de la bière (*ici est bière*), hier ist Bier.
Voilà des places (*là sont places*), da sind Plätze.

CONSTRUCTION. — *Forme exclamative.*

7. Wie, que nous connaissons comme interrogatif, sert aussi d'exclamatif dans le sens de *comme ! que !* Le mot sur lequel on se récrie vient immédiatement après :

Que vous êtes bon ! (*que bon êtes vous !*) wie gut ſind Sie !
Combien Jean est heureux ! wie glücklich iſt Johann !
Comme vous parlez lentement ! Wie langſam Sie ſprechen !

8. Ici, par exception, l'inversion n'est pas toujours observée ; on peut dire : wie gut Sie ſind ! (*que bon vous êtes !*)

9. *Interjections* (voy. p. 11). La règle que l'inversion doit avoir lieu chaque fois qu'un mot autre que le sujet commence la phrase, ne s'applique pas quand ce mot est une interjection (l'interjection est une phrase à elle seule) :

Quoi ! vous pleurez,	wie ! Sie weinen ?
Eh bien, nous sommes d'accord,	wohlan, wir ſind einig.
Justement, c'est lui ,	richtig, er iſt es.

VOCABULAIRE. — *Locutions présentatives :*

Voici qu'il vient, ou, le voici qui vient, hier kommt er.
Voilà ce qu'il me dit, das ſagt er mir.
Voilà qui est commode (ironiquement) ! das iſt ſehr bequem !
Voilà comme vous êtes, ſo ſind Sie.
Voilà de quoi nous sommes convenus, ſo ſind wir einig.
C'est ce qu'il me semble, ſo ſcheint es mir.

EXERCICES.

I. Bald[11] werde ich Wein haben. Wie froh (aise, content) bin ich ! Gewöhnlich (ordinairement) ſpricht er viel. Gut ! Sie drohen mir. Mir iſt das gleich (égal). Hier iſt Geld. Wie ! Sie ſind noch da ? Morgen wird er kommen. Mir auch mißfällt er. Da ſind ſie. Wünſcht Karl etwas ? Das will ich thun. Hier iſt ein Soldat. Hier wohne ich. Dort werden wir halten. Wann wird Madam W. kommen ? Was iſt das ? Endlich bin ich gerächt.

II. Qu'est-ce que vous cherchez ? Est-ce qu'il dort ? Qui est-ce qui pleure ? Ordinairement je ne suis pas si paresseux [16]. Nous voici. Voilà des chevaux. Quand M. Müller est-il venu ? C'est demain qu'il viendra. Quelqu'un le sait-il ? Voilà qu'on sonne. Voilà qui est étrange (ſeltſam). Est-ce que vous m'appelez ? Qu'est-ce que vous dites là ? Voici un médecin (Arzt). Où Charles et Louis demeurent-ils ? C'est ce que je ne sais pas. Les voici qui viennent. Quoi ! vous ne travaillez pas. Demain je lui écrirai. Voici des voitures [14]. Enfin nous sommes sauvés. Que je suis heureux ! C'est là que nous arrêterons. Comme vous courez vite.

13ᵉ LEÇON. — **L'impersonnel.**

1. L'impersonnel *il* se traduit par es (voy. p. 25 et 27) :

Il tonne, es donnert ;   il fait des éclairs, es blitzt.
Il est temps, es ist Zeit ; il est trop tôt, es ist zu früh.

2. En parlant de l'état de l'atmosphère, on ne dit pas en allemand « il fait », mais *il est*, es ist :

Il fait sombre, es ist dunkel ; il fait jour, es ist Tag.
Il fait de la poussière (*il est poussiéreux*), es ist staubig.
Il fait du vent, beaucoup de vent, es ist windig, sehr windig.

3. De même « il se fait, il va faire » se dit es wird :

Il se fait tard (*il devient tard*),   es wird spät.
Il va faire nuit (il devient nuit), es wird Nacht.

4. Beaucoup de locutions indiquant une sensation se tournent par l'impersonnel :

J'ai froid (*il m'est froid*), es ist mir kalt, ou mir ist kalt.
J'ai faim, es hungert mich, ou mich hungert.
J'en suis bien aise, es freut mich.

5. Il arrive souvent que es est employé devant un verbe pour permettre l'*inversion*. Seulement es, dans ce cas, n'étant pas le véritable sujet, le verbe s'accorde non avec lui, mais avec le mot qui suit :

Il tombe de la pluie, es fällt Regen.
Il tombe de la grêle (*des grêlons*), es fallen Schloßen.
Il passe des voitures, es passiren Wagen.
Il est venu une dame, es ist eine Dame gekommen.

Traduction de Il y a :

6. C'est cette forme qu'on emploie pour rendre *il y a*, es ist... da, et au pluriel, es sind... da :

Il y a de l'eau,   es ist Wasser da.
Il y a du monde (*des gens*), es sind Leute da.

7. On peut dire aussi dans le sens de *cela offre*, es hat :

Il y a (cela offre) du danger, es hat Gefahr.

8. Et dans le sens de *il existe, il se trouve*, es gibt :

Il y a des gens (qui..., etc.), es gibt Leute...

9. *Rem.* hat et gibt s'accordent avec es et non avec le mot qui suit, lequel est ici un régime, non un sujet.

CONSTRUCTION. — *Place de l'impersonnel* es.

10. Tant que es est le véritable sujet de la phrase, il se place comme tout autre sujet :

Dégèle-t-il? thaut es?   Y a-t-il du danger? gibt es (ou hat es) Gefahr?

11. Mais quand es n'est employé que pour permettre au verbe de passer avant son sujet, il faut supprimer es dès que l'inversion est produite par quelque autre cause :

Y a-t-il des lettres? sind Briefe da?   Il y a du vin, hier ist Wein.
Vient-il quelqu'un? kommt Jemand?

VOCABULAIRE. — *Locutions impersonnelles.*

Il fait du brouillard, es ist nebelig; de l'orage, stürmisch; de la boue, schmutzig; sec, trocken; humide, feucht; doux, mild. Comment cela va-t-il? wie geht's (Ihnen). Ça va bien, es geht gut. — J'ai faim, soif, froid, mich hungert, durstet, friert. — J'en suis fâché, es thut mir leid. — Il a plu, es hat geregnet; neigé, geschneit; tonné, gedonnert; gelé, gefroren.

EXERCICES.

I. Ist es stürmisch? Ja, und es blitzt sehr viel. Es fallen Schloßen. Hat es geregnet? Was ist da? Sind Federn da? Nein, es sind keine Federn da. Es wird regnen. Sind keine Pferde da? Donnert es? Es raucht viel. Wo sind Bücher? Es wird dunkel. Mich friert. Das thut mir leid. Es ist hier nicht sehr warm. Mir ist warm. Es muß schmutzig sein. Ist es noch Tag? Nein, es ist nicht mehr Tag. Es hat schon² geschneit. Ist es nicht spät? Bald wird es schneien. Es ist schön. Es ist nicht mehr kalt.

II. Fait-il du vent? Non, il ne fait pas de vent, il fait du brouillard. Pleuvra-t-il? peut-être, car il fait chaud. Est-il venu du monde? Oui, il est venu quelqu'un. Passe-t-il des chevaux? Non, il passe des soldats. Y a-t-il des livres? Il n'est pas tard. Est-ce qu'il pleut? Il fait beaucoup de boue, et il fait humide, mais il ne pleut pas. Il est tombé de la neige (Schnee). Il fait très-froid, mais bientôt il dégèlera. Y a-t-il du monde? Non, il n'y a personne. Comment cela va-t-il? Ça ne va pas très-bien. J'en suis fâché. Il ne fait pas très-chaud. Fait-il beau? non, il fait de l'orage. Il va faire jour. J'ai soif. Il a beaucoup plu. Il ne fait pas encore nuit, il ne fait plus jour. J'en suis bien aise. Il tombe de la rosée (Thau). Où y a-t-il des voitures? Il fait du verglas (Glatteis).

Récapitulation du 1ᵉʳ chapitre.

I. DÉCLINAISON DES PRONOMS PERSONNELS.

	qui?	je, moi :	nous :	il :	elle :	ils, elles :
Nom.	wer,	ich,	wir,	er, es,	sie,	sie.
Acc.	wen,	mich,	uns,	ihn, es,	sie,	sie.
Gén.	wessen,	meiner,	unser,	seiner,	ihrer,	ihrer.
Datif.	wem,	mir,	uns,	ihm,	ihr,	ihnen.

Was, quoi, das, cela, font au génitif wessen, dessen; — pas de datif (p. 40).
Jemand, Niemand, prennent au génitif es ; — aux autres cas en.
Jedermann prend au génitif s ; — Etwas, nichts sont invariables.
Alles, tout, fait au datif allem ; — aux autres cas alles est invariable.

II. CONJUGAISON DES VERBES AU PRÉSENT.

1° *Sans altération du radical :*

leben, vivre,	ich lebe,	er lebt, *plur. :*	leben.
reden, parler,	ich rede,	er redet,	reden.
handeln, agir,	ich handle,	er handelt,	handeln.

Nota. haben (avoir) fait à la 3ᵉ pers. sing. hat (pour habt).

2° *Avec altération à la 3ᵉ pers. du sing. :*

schlafen, dormir,	ich schlafe,	er schläft, *plur. :*	schlafen.
sprechen, parler,	ich spreche,	er spricht,	sprechen.
sehen, voir,	ich sehe,	er sieht,	sehen.
werben,	ich werbe,	er wirb.	werben.

Nota. lesen (lire) fait à la 3ᵉ pers. sing. : liest (et non list).
nehmen (prendre) — nimmt (et non nichmt).
treten (marcher) — tritt (et non trit).

3° *Avec altération à la 1ʳᵒ et à la 3ᵉ pers. du sing. :*

können, pouvoir,	ich kann,	er kann, *plur. :*	können.
mögen, —	ich mag,	er mag,	mögen.
dürfen, —	ich darf,	er darf,	dürfen.
müssen, devoir,	ich muß,	er muß,	müssen.
sollen,	ich soll,	er soll,	sollen.
wollen, vouloir,	ich will,	er will,	wollen.
wissen, savoir,	ich weiß,	er weiß,	wissen.

(bedürfen, avoir besoin de, se conjugue comme dürfen.)

4° *Conjugaison particulière de* sein, *être :*

sein, être,	ich bin,	es ist,	*plur. :* sein.

Nota. A l'impératif sein fait seien Sie, soyez.

III. LE FUTUR.

Le futur se forme avec l'auxiliaire werden :

Je viendrai, ich werde kommen; il viendra, er wird kommen.

EXERCICES RÉCAPITULATIFS SUR LE 1ᵉʳ CHAPITRE.

Expliquer les locutions ci-après : 1° en donnant une traduction *mot à mot* au lieu de la traduction libre qui est en regard ; 2° en indiquant les règles qui ont été appliquées :

Le temps s'assombrit,	Es wird dunkel.
Il fait grand vent,	Es ist sehr windig.
Il fait bon vivre ici,	Hier ist gut leben. [friert.
J'ai très-froid,	Mir ist sehr kalt (ich friere, mich
J'ai faim,	Ich bin hungrig (mich hungert).
Avez-vous fini ?	Sind Sie fertig (prêt)?
Il n'a qu'à me suivre,	Er darf mir nur folgen.
Il est à la promenade, au bain,	Er geht spazieren, er ist baden.
Je ne serai pas long,	Ich werde gleich fertig sein.
Êtes-vous si pressé ?	Haben Sie so Eile (hâte)?
Pourquoi êtes-vous si pressé?	Warum eilen Sie so sehr?
Il se fâche de cela,	Er wird darüber böse.
J'y prends bien part,	Das geht mir nahe (près).
Laissez-moi tranquille,	Lassen Sie mich gehen.
Comment allez-vous?	Wie geht's? wie befinden Sie sich?
Mon Dieu ! qu'avez-vous ?	Mein Gott! was ist Ihnen?
Je me trouve mal,	Mir wird übel.
Qu'avez-vous?	Was fehlt (manque) Ihnen?
J'ai de la peine à respirer,	Ich athme schwer.
Aimez-vous le café ?	Trinken Sie gern Kaffee?
Il n'aime pas les épinards,	Er ißt nicht gern Spinat.
Je n'aime pas plaisanter,	Ich scherze nicht gern.
Je vous crois en cela,	Ich glaube Ihnen das.
Je vous félicite,	Ich wünsche Ihnen Glück.
Je prends congé de vous,	Ich empfehle mich Ihnen.
Il ne se gêne pas,	Er macht sich's bequem [49].
A quelle distance est-ce ?	Wie weit ist es?
Où en êtes-vous?	Wie weit sind Sie damit?
A quel jeu jouons-nous ?	Was wollen wir spielen?
Quelle somme jouons-nous?	Wie viel wollen wir spielen?
Aussitôt dit, aussitôt fait,	Gesagt, gethan.
Portez-vous bien,	Leben Sie wohl.
Il y aura beaucoup de monde,	Es wird voll (plein) werden.
C'en est trop,	Das geht zu weit.
Peu s'en faut,	Es fehlt (manque) nicht viel.
Qu'à cela ne tienne,	Das macht nichts.
Je le ferai bientôt (patience),	Es wird bald geschehen.
C'est bien ! c'est bien !	Lassen Sie es gut sein.

CHAPITRE II.

LES DÉCLINAISONS.

14ᵉ LEÇON. — **Les signes du genre.**

I. LE GENRE INDIQUÉ PAR LES DÉTERMINATIFS.

1. Le genre d'un nom est principalement indiqué, au singulier du moins, par les déterminatifs qui l'accompagnent (*articles*) ou qui le remplacent (*pronoms*).

2. Dans tous les *déterminatifs* le signe du genre est au nominatif singulier :

Pour le masculin, er; le neutre, eß; le féminin, e.

Nous en avons vu des exemples p. 15 :

ce, cette, celui-ci, celle-ci :	*masc.* biefer,	*neut.* bie(fe)ß,	*fém.* biefe.
ce...là, celui-là, celle-là,	jener,	jeneß,	jene.
chaque, chacun, chacune,	jeber,	jebeß,	jebe.
quel, quelle, lequel, laquelle,	welcher,	welcheß,	welche.

L'article *défini*, quoiqu'un peu altéré, suit la règle :

le, la, celui, celle,	*masc.* ber,	*neut.* baß,	*fém.* bie.

3. Seuls, les *articles* suivants font exception. Au nominatif singulier, ils prennent bien la terminaison féminine e, mais ils rejettent toute terminaison au masculin et au neutre que dès lors rien ne distingue l'un de l'autre :

article indéfini :	un, une,	ein,		eine.
— *négatif :*	aucun, aucune, pas de,	fein,		feine.
articles possessifs :	mon, ma,	mein,		meine.
— —	son, sa (à lui),	fein,		feine.
— —	son, sa (à elle),	}	ifr,	ifre.
— —	leur, votre,			
— —	notre,	unfer,		unfere.

Nota. Dans le sens de *votre*, Jfr prend une majuscule.

4. Mais quand ces déterminatifs ein, fein, etc., sont employés comme pronoms, ils reprennent les formes er, eß.

l'un d'eux,	einer,	ein(e)ß,	eine.
aucun d'entre eux,	feiner,	fein(e)ß,	feine.
le mien,	meiner,	meineß,	meine.
le nôtre,	unferer,	unfer(e)ß,	unf(e)re,

SYNTAXE. — *Emploi des articles et pronoms.*

5. *Du, de la, de,* signifiant *une certaine quantité de,* ne se traduit pas (p. 15) : du pain, Brod.

Mais au négatif, *pas du, pas de la,* se rend par fein :

Ce n'est pas du vin, es ift fein Wein (p. 36).

6. Welcher traduit bien *quel,* signifiant *lequel :*

Quel chapeau ? Welcher Hut ?

7. Mais *quel,* signifiant *quel genre de,* se dit was für :

Quel temps fait-il ? Was für Wetter ift es ?

8. On y joint ein s'il s'agit d'une chose isolée :

Quelle fleur est cela ? Was ift das für eine Blume ?

9. Einer peut s'employer dans le sens de « quelqu'un ».

VOCABULAIRE ET EXERCICES.

I. *Déterminer le genre des noms suivants :*

Welches Wunder (merveille) !
Welches Glück (bonheur) !
Welcher Sturm (orage) !
Welche Straße (rue) ?
Dieser Platz (place).
Diese Brücke (pont).
Dieses Kleid (vêtement).
Das Licht (lumière).
Der Tisch (table).

Eine Farbe (couleur).
Die Schande (honte).
Keine Milch (pas de lait).
Jeder Fuß (pied).
Jede Hand (main).
Jedes Schloß (château, serrure).
Ihre Schuld (faute).
Das Papier (le papier).
Der Topf (pot).

II. Mettre un article devant les noms singuliers de la page 14.

III. Dieser Topf ift gebrochen. Mein Freund, Ihr Wagen[14] ift da. Gefällt diese Farbe Ihnen ? Es ift eine Schande. Ift Ludwig Ihr Freund ? Wie heißt dieser Platz ? Und diese Brücke ? Ich bin kein Soldat. Dieses Kleid geht (ou fteht) Ihnen gut. Meine Hand thut mir wehe. Welches Unglück ! Es ift nicht meine Schuld. Die Milch ift fauer geworden. Es ift kein Unglück. Das Wetter ift mild[51]. Ift dies Brod frifch[16] ? Nein, es ift nicht frifch. Wie gut ift dieser Wein !

IV. Ce vin est excellent (vortrefflich), mais ce pain est dur. Ce papier vous appartient-il ? Non, il n'est pas à moi. Comment s'appelle cette rue ? Quelle rue ? Mon pied me fait mal. Quel pied ? Ce vêtement est trop cher. C'est un malheur. Où est leur château ? Ce n'est pas notre faute. Ce n'est pas du lait, c'est de l'eau. Voici votre place. Cette fleur vous plaît-elle ? Le temps est-il beau ? Est-ce votre chapeau ? Lequel ? Celui-ci. Non, il n'est pas à moi, voici le mien.

15° LEÇON. — **Le genre** (*suite*).

II. SIGNES DU GENRE DANS LES NOMS D'ÊTRES.

1. Dans les noms d'êtres, la finale er est masculine :

Arbeiter, ouvrier ; Schneider, tailleur ; Bäcker, boulanger ; Pförtner, portier ; Gärtner, jardinier ; Kutscher, cocher ; Lehrer, professeur ; Schüler, élève ; Pariser, Parisien, etc. (voy. p. 16 et 18).

(Excepté Mutter, mère ; Tochter, fille ; Schwester, sœur.)

2. La finale e, souvent masculine :

Knabe, garçon ; Bube, gamin ; Schurke, fripon ; Neffe, neveu ; Erbe, héritier ; Bote, messager ; Matrose, matelot ; Affe, singe ; Hase, lièvre ; Gehülfe, aide ; Franzose, Français ; Preuße, Prussien, etc. (p. 16).

3. D'autres fois féminine : Dame, dame ; Nichte, nièce.

4. Mais le plus souvent c'est par la finale in que les noms d'êtres se mettent au féminin (voy. p. 18) :

Erbin, héritière ; Nätherin, couturière ; Wäscherin, blanchisseuse.

5. Cette finale in entraîne l'*adoucissement* (voy. p. 20) :

Graf, comte, Gräfin ; Koch, cuisinier, Köchin. (Cependant Pole, Polonais ; Russe, Russe ; Nachbar, voisin, n'*adoucissent* pas au féminin : Polin, Russin, etc.)

6. Le genre des noms d'êtres dépend du sexe :

Masc. : Mann, homme ; Ochs, bœuf ; Hahn, coq ; Hund, chien.
Fém. : Frau, femme ; Kuh, vache ; Henne, poule ; Hündin, chienne.

7. Cependant quelques-uns sont neutres, savoir :

1° Weib, femme ; Pferd, cheval ; Schaf, brebis ; Schwein, porc ;

2° Les noms des petits :

Kind, enfant ; Kalb, veau ; Lamm, agneau ;

3° Les *diminutifs* ou petits noms formés des finales chen ou lein (lesquelles veulent l'*adoucissement*) :

Knäblein, petit garçon ; Fräulein, demoiselle ; Mädchen, fille.

8. Les noms de race sont de divers genres :

Masc. : Mensch, homme ; Fisch, poisson ; Esel, âne ; Vogel, oiseau.
Neut. : Thier, animal ; Schaf, mouton ; Huhn, poule.
Fém. : Katze, chat ; Fliege, mouche ; Schlange, serpent ; Amsel, merle.

SYNTAXE. — *Accord des déterminatifs avec les noms d'êtres.*

9. Le pronom personnel es, bien qu'il se rapporte d'ordinaire au neutre, ne s'emploie jamais à propos d'une personne. Il faut, selon le sexe, er ou fie :

Où est la jeune fille , Wo ift bas Mädchen ? *Elle* est là, fie ift ba.

10. Le possessif *son* se traduit par fein ou ihr, selon le sexe du possesseur :

Son frère (à lui), fein Bruder; sa tante (à lui), feine Tante.
Son fils (à elle), ihr Sohn; sa fille (à elle), ihre Tochter.

Mais pour *leur* il faut toujours ihr; pour *votre* Ihr :

Leur oncle (à eux ou à elles), ihr Onkel; leur grand'mère, ihre Großmutter.
Votre père, Ihr Vater; Madame votre mère, Ihre Frau Mutter.

VOCABULAIRE ET EXERCICES.

I. *Compléter ces phrases :*

Votre chien aboie, bellt.
Il mord, beißt.
Le merle siffle, pfeift.
Le coq chante, kräht.
Cet oiseau chante, fingt.
Il gazouille, zwitfchert.
Il vole, fliegt.

Notre chat miaule, miaut.
Le mouton bêle, blöckt.
Cette poule couve, brütet.
Le serpent rampe, kriecht.
Mon cheval hennit, wiehert.
Il se cabre, bäumt (fich).
Il trotte, galope, trabt, galoppirt.

II. Wer ift diefer Mann? Diefer Mann ift ein Schneider. Schläft Ihr Vater noch? Mein Arzt[45] ift ein Engländer. Lernt fein Sohn deutfch? Diefes Fräulein ift keine Italienerin; fie ift eine Pariferin. Was thut diefer Herr? Gehört diefe Katze Ihnen? Warum bellt unfer Hund? Wie heißt diefes Mädchen? Sie heißt Marie. Kann Ihr Bruder fchon[47] lefen? Ift bas Ihre Schwefter? Ich bin kein Kind mehr. Schon kräht der Hahn. Die Pförtnerin arbeitet; ihre Tochter fpielt; ihre Katze miaut, und ihre Amfel pfeift.

III. Où demeure votre oncle ? Est-ce que son frère est malade ? Que fait leur mère ? Elle est boulangère. Cette dame est-elle Parisienne ? Où est son père ? Ce monsieur n'est pas médecin, c'est un artiste[43]. Votre neveu est ici. Est-ce que notre ami est fatigué ? La jardinière est malade; son enfant pleure. Ce chat est-il vieux ou jeune ? Qui est cette femme-là ? Quelle femme ? Pourquoi votre cheval se cabre-t-il ? Comment se porte monsieur votre père (p. 24) ? Et madame votre mère ? Est-ce votre nièce ? Comment cet enfant s'appelle-t-il ?

16ᵉ LEÇON. — **Le genre** (*suite*).

III. SIGNES DU GENRE DANS LES NOMS DE CHOSES.

§ 1. *Sont masculins* (s'ils ne finissent en *e*) *les noms*

1. des grandes cultures : Lein, lin ; Reis, riz ; Tabak, tabac.
2. de minéralogie (sauf les métaux) : Stein, pierre ; Rubin, rubis.
3. d'astronomie : Winter, hiver ; Monat, mois ; Himmel, ciel ; Mond, lune.
4. de météorologie : Schnee, neige ; Thau, rosée ; Frost, gelée.
5. des montagnes et cours d'eau : Berg, montagne ; Bach, ruisseau.
6. Ceux qui finissent par en : Garten, jardin ; Degen, épée.
7. Ou par al, all, aum, mm, rm, pf, g : Ball, bal ; Dampf, vapeur.
8. Ou qui commencent par Sp, St, Z : Strick, corde ; Zorn, colère.

§ 2. *Sont neutres les noms*

9. des métaux : Silber, argent ; Blei, plomb ; Kupfer, cuivre.
10. des substances animales ou végétales : Blut, sang ; Bier, bière.
11. Ceux qui finissent par thum : Alterthum, antiquité.
12. Ou par e après une voyelle : Eis, glace ; Haus, maison.
13. Ou par les diminutifs chen ou lein (p. 18) : Gärtchen, jardinet.
14. Ou commençant par Ge (p. 19) : Gesicht, visage ; Gemälde, tableau.

§ 3. *Sont féminins les noms*

15. de plus d'une syllabe finissant par ei : Malerei, peinture.
16. Ou par eit, ung, ion, schaft : Zeitung, journal ; Arbeit, travail.
17. Ou par e : Brücke, pont ; Melone, melon ; Eiche, chêne ; Sache, chose.
18. Sauf 1° les noms commençant par Ge (voir n° 14) ;
19. Et 2° les suivants, jadis en en, par conséquent masculins :
    Name, nom ; Gedanke, pensée ; Haufe, tas ; Funke, étincelle ; Same, semence ; Friede, paix ; Wille, volonté ; Glaube, croyance.

§ 4. *Finales communes à deux genres :*

20. —el est ou *masc.* : Schlüssel, clé ; Säbel, sabre ; Löffel, cuiller ; ou *fém.* : Schüssel, plat ; Kugel, boule ; Gabel, fourchette.
21. —niß ou *neut.* : Bildniß, portrait ; ou *fém.* : Wildniß, désert.
22. —er, dans les noms de choses, se partage entre les trois genres :
    masc. : Teller, assiette ; Fehler, faute ; Zucker, sucre.
    neut. : Wasser, eau ; Feuer, feu ; Messer, couteau.
    fém. : Butter, beurre ; Feder, plume ; Leiter, échelle.

§ 5. *Mots* (*infinitifs, adjectifs, etc.*), *pris substantivement.*

Les infinitifs, adjectifs, et autres mots, pris comme noms de choses, sont toujours neutres (p. 16 et 23, § 4) :

Das Leben (le vivre), la vie ; das Lesen (le lire), la lecture ; das Böse, le mal.

Principales exceptions.

Au n° 3. Jahr, année (*neut.*). — Nacht, nuit; Zeit, temps (*fém.*).
— 4. Wetter, temps (*neut.*). — Luft, air (*fém.*).
— 6. Kissen, coussin; Eisen, fer; Almosen, aumône (*neut.*).
— 8. Stück, morceau; Stroh, paille; Spiel, jeu; Zeug, étoffe (*neut.*). Stadt, ville; Stirn, front; Zahl, nombre; Zeit, temps (*fém.*).
— 9. Stahl, acier; Zink, zinc (*masc.*).
— 10. Wein, vin; Honig, miel (*masc.*). — Milch, lait (*fém.*).
— 11. Irrthum, erreur; Reichthum, richesse (*masc.*).
— 12. Preis, prix; Kreis, cercle; Reis, riz (*masc.*).
— 14. Genuß, usage; Gefallen, plaisir; Gesang, chant; Geruch, odorat; Geschmack, goût; Gewinn, gain (*masc.*) Geduld, patience; Gegend, contrée; Geschichte, histoire; Gefahr, danger (*fém.*).
— 17. Auge, œil; Ende, fin (*neut.*).
— 20. Mittel, moyen, remède; Siegel, cachet (*neut.*).

VOCABULAIRE ET EXERCICES.

I. *Compléter ces phrases :*

Wind, vent, weht, souffle.
Mond, lune, scheint, brille.
Gold, or, glänzt, brille.
Strom, fleuve, fließt, coule.
Zeit, temps, vergeht, passe.
Wetter, temps, verändert, change.
Sommer, été, naht, approche.

Feuer, feu, brennt [29], brûle.
Sonne, soleil, sticht, brûle.
Erde, terre, dreht sich, tourne.
Weg, route, wendet, tourne.
Wasser, eau, kocht, bout.
Glas, verre, schneidet, coupe.
Traube, raisin, wird reif, mûrit.

II. Votre voiture (Wagen) est là. La journée (Tag) est belle. La pluie (Regen) tombe. Voici une chaise (Stuhl). L'étoile (Stern) brille. Cette étoffe (Stoff) est bien sombre. Mon peigne (Kamm) est brisé. Cet arbre (Baum) est grand. Ce petit arbre (Bäumchen) grandit. Votre société (Gesellschaft) m'est toujours agréable [41]. Le convoi (Zug) est très-long. L'écurie (Stall) n'est pas loin. La chaleur (Hitze) est très-grande. L'herbe (Gras) est trop humide [41]. Le poêle (Ofen) est trop chaud. Ce n'est pas une beauté (Schönheit). La science (Wissenschaft) est toujours utile. Comment va votre santé (Gesundheit)? Il n'y a pas d'espoir (Hoffnung). Quel prix ?

III. Was ist gefallen? Eine Nadel (aiguille). Welches Unglück (malheur)! Wo ist Ihre Flinte (fusil)? Dieses Oel (huile) riecht nichts. Hier ist die Rechnung (compte). Da ist ein Tunnel (tunnel). Wem gehört dieser Hut? Seine Wunde (blessure) ist nichts. Der Kaffee [14] kocht. Dieser Thee [14] ist zu stark. Das Zimmer (chambre) ist zu theuer. Mein Stock (bâton) ist gebrochen. Dort fließt ein Fluß [23]. Das Wetter wird schlecht. Die Zeit vergeht angenehm [41] hier.

IV. Déterminer le genre des noms de cette version.

17° LEÇON. — **Le genre** (*suite*).

IV. LE GENRE DANS LES ADJECTIFS ET LES PARTICIPES.

1. L'adjectif et le participe, quand ils accompagnent un nom, se mettent toujours avant lui et se déclinent.

2. Ils prennent pour terminaison au nominatif singulier : e (pour les trois genres indistinctement), quand ils sont précédés d'un déterminatif tel que ber, biefer, welcher, indiquant suffisamment le genre :

masc. —e	ce bon peintre,	biefer gute Maler.
neut. —e	ce bon livre,	biefes gute Buch.
fém. —e	cette bonne soupe,	biefe gute Suppe.

3. Mais ils prennent les trois formes er, es, e, s'il n'y a avant eux aucun déterminatif, ou s'ils sont précédés d'un article tel que ein, mein, unfer, ihr, fein, qui n'indique pas suffisamment le genre :

masc. —er	de bon vin,	guter Wein;	un bon fils,	ein guter Sohn.
neut. —es	de bon pain,	gutes Brob;	un bon feu,	ein gutes Feuer.
fém. —e	de bon lait,	gute Milch;	un bon potage,	eine gute Suppe.

4. Quand le nom est sous-entendu, ou encore quand l'adjectif (ou le participe) est employé *substantivement*, les mêmes règles continuent d'être applicables :

l'Allemand, ber Deutfche;	l'Allemande, bie Deutfche.
le blessé, ber Berwunbete;	le bien, bas Gute.
un blessé, ein Berwunbeter;	du bien, Gutes.

5. Ces règles s'appliquent de même aux *adjectifs pronominaux* (ou pronoms qu'on emploie avec l'article), tels que anber, autre; ein, un; meinig, mien; Jhrig, vôtre, etc. :

Der Eine ober ber Anb(e)re, l'un ou l'autre (d'entre eux).
ein anberer, un autre; einer, un (d'entre eux).
ber, bas, bie meinige, le mien, la mienne.
ber bas, bie feinige, le sien (à lui), la sienne (à lui).
ber, bas, bie ihrige, le sien (à elle), la sienne (à elle), le leur,
ter, bas, bie unfrige, le nôtre, la nôtre.

Le mot felb (même) fait corps avec l'article ber :
berfelbe, baffelbe, biefelbe, le même, la même, il, elle.

Il en est de même de jenig :
berjenige, basjenige, biejenige, celui, celle.

SYNTAXE. — *Emploi des adjectifs.*

6. Quand plusieurs adjectifs se suivent, tous ont la même terminaison que le premier d'entre eux :

du vin rouge frelaté, gefdmierter rother Wein.
une maison vaste et commode, ein geräumiges, bequemes Haus.

7. Mais l'adjectif servant d'*adverbe* est invariable :

une pièce élégamment meublée, ein elegant möblirtes Zimmer.

8. Il en est de même de l'adjectif servant d'*attribut :*

un cheval devenu aveugle, ein blind gewordenes Pferd.

VOCABULAIRE. — *Adjectifs* (voy. p. 16) *pris substantivement :*

Le voyageur, la voyageuse, der, die Reisende; l'étranger, der Fremde.
Le prisonnier, der Gefangene; un mourant, ein Sterbender.
Un savant, ein Gelehrter; son domestique, fein Bedienter.
Mon parent, mein Verwandter; une inconnue, eine Unbekannte.
L'utile et l'agréable, das Nützliche und das Angenehme.
La même chose, das Nämliche; le mal, das Böse.

EXERCICES :

I. Mettre devant les noms des leçons précédentes, un des adjectifs de la page 16, avec ou sans article.

II. Voici du vin blanc (weiß). A qui est ce chapeau noir (schwarz)? Fait-il beau temps? Non, il fait très-mauvais temps. Qui est ce jeune homme? Est-ce un bon peintre? Voilà une route large et commode. Où est la pauvre malade? Qui est ce grand Monsieur? C'est un savant étranger. Voici de l'eau fraîche[16]. Où est notre prisonnier? Votre domestique est-il guéri[47]? Quel est cet inconnu? C'est un pauvre. Voici mon chapeau. Où est le vôtre? A qui ce vieux couteau? Ce n'est pas le mien.

III. Hier ist ein schönes Feuer. Es ist (ein) schlechtes Wetter. Es weht ein starker Wind. Das Deutsche ist eine schwere[3] Sprache[14]. Ist Ihr Verwandter ein guter Jäger[20]? Was für eine schöne rothe Blume! Hier ist eine andere. Da ist ein sehr altes[16] Schloß (château). Ich bin ein Fremder. Gehört Ihnen dieser große schwarze Hund? Nein, der meinige ist nicht schwarz. Es kommt ein anderer Reisender.

IV. Wem gehört dieser neue[16] Hut? Welcher? Dieser nicht; der andere. Es ist nicht der meinige. Ist der Ihrige nicht da? Wie heißt diese Sache[58]? und jene da? Die eine heißt N. und die andere X. Was für eine Feder[20] ist das? Eine gute. Sie sind immer derselbe.

4

18ᵉ LEÇON. — **Les cas du singulier**.

I. L'ACCUSATIF SINGULIER.

1. L'accusatif est semblable au nominatif dans tous les mots *féminins* ou *neutres*, et dans la plupart des *noms* même masculins :

Je choisis cette belle fleur,	ich wähle diese schöne Blume.
Goûtez cette bonne bière,	kosten Sie dieses gute Bier.
Aimez-vous le café ?	trinken Sie gern Kaffee ?

2. Quand l'accusatif diffère du nominatif, il prend toujours pour signe **en**. Cela n'a lieu que :

5. 1° Au masculin de tous les déterminatifs **et** à celui de tous les adjectifs (avec ou sans article) :

	Accus. masc. sing. :	
der, le,		den.
dieser, ce, celui-ci,	—	diesen.
welcher, quel, lequel,	—	welchen.
ein, un, et einer l'un (d'entre eux),	—	einen.
mein, mon, et meiner, le mien,	—	meinen.
unser, notre, et unserer, le nôtre,	—	unser(e)n.
der meinige, le mien,	—	den meinigen.
derselbe, le même,	—	denselben.
der rechte Weg, le bon chemin,	—	den rechten Weg.
ein geschickter Mann, un homme habile	—	einen geschickten Mann.
d'excellent vin blanc,	—	vortrefflichen weißen Wein.

4. 2° Dans les noms masculins en *e* (voy. p. 56 et 58, r. 19), mais non en *ee* :

Knabe, garçon; *acc.* Knaben.   Name(n), nom; *acc.* Namen.

5. 3° Dans plusieurs noms d'êtres masculins :

Mensch, homme; *acc.* Menschen.   Fürst, prince; *acc.* Fürsten.

Christ, chrétien;   Prinz, prince;   Held, héros; Ochs, bœuf.
Genoß, compagnon; Graf, comte;   Thor, sot;   Bär, ours.
Gesell   —   Oberst, colonel;   Narr, fou;   Spatz, moineau.
(Herr fait à l'acc. Herrn; Nachbar, voisin, Nachbarn; Bayer, bavarois, Bayern, et Bauer, paysan, Bauern.)

6. Et notamment de provenance étrangère, la plupart en at, et, ant, ent, an, k, og, om, arch :

Soldat, soldat, *acc.* Soldaten;   Student, étudiant, *acc.* Studenten.

Advocat, Agent, Fabrikant, Commandant, Präsident, Poet, Uhlan, Tyrann, Monarch, Astronom, Theolog, Egoist, Jesuit, Catholik, Philosoph, etc.

SYNTAXE. — *Emploi de l'accusatif.*

7. Les souhaits, comme « bonjour, bon voyage », les demandes, comme « du vin, un médecin », se mettent à l'accusatif (le verbe est sous-entendu) :

bonjour, guten Morgen; vite un médecin ! schnell einen Arzt !
garçon, la moutarde, s'il vous plaît, Kellner, den Senf gefälligst.

Pour la place de l'accusatif, voy. p. 33, 35, 37, 41, 45 et 47 :

Allons chercher notre malle, laßt uns unsern Koffer suchen.
Il ne lui envoie pas la lettre, er sendet ihm den Brief nicht.

Quelques verbes, fragen, lehren, etc., ont deux accusatifs :

Il lui demande son nom, er fragt ihn seinen Namen.
Il lui apprend l'allemand, er lehrt ihn die deutsche Sprache.
Il l'appelle fou, er heißt (ou nennt) ihn einen Narren.
Il le traite de fripon, er schimpft ihn einen Schurken.

VOCABULAIRE. — *Verbes actifs* (voy. p. 32 et 33).

Le préfixe be (p. 19) rend actifs des verbes neutres :

sitzen, être assis; besitzen, posséder; wohnen, demeurer; bewohnen, habiter;
dienen, servir, er dient mich gut, il me sert bien;
nützen, être utile, ich benutze seine Feder, je profite de sa plume.

EXERCICES.

I. Ich trinke kein Bier und keinen Wein. Sie bewohnen ein gro=
ßes Haus. Er hat eine Schwester; kennen Sie dieselbe ? Welchen
Weg muß man nehmen ? Was für einen Stock[59] wollen Sie ? Wo haben Sie diesen guten rothen[20] Wein gekauft ? Ich sehe Ihren Bruder
oft. Hat der Fürst einen Neffen ? Ich wünsche Ihnen einen guten
Abend (soir). Wie nennen Sie dieses Möbel ? Ich nenne es einen
Tisch. Brauchen Sie einen Bedienten ? Sie bringen dieses Packet
(paquet) sehr spät. Geben Sie mir eine andere Gabel[58], ein anderes
Messer und einen reinen Teller. Johann, das Dessert. Noch einen
Apfel. Haben Sie diese Güte (bonté). Thun Sie das Gute und
meiden (évitez) Sie das Böse. Bringen Sie ein Licht[55]. Ich habe
keine Zeit. Gute Nacht[30].

II. Nous aurons beau temps. Je désire d'excellent thé. Vous craignez
peut-être le feu. Voulez-vous de la bonne bière ? Je ne puis pas souffrir
votre neveu. Je ne veux pas profiter de son erreur. Qui vous a donné
ce beau bouquet (Strauß) ? Elle aime son fils, mais non sa fille. Vous
avez une mauvaise plume. Montrez-moi le chemin. Lisez-vous le journal ? Connaît-il mon nom ? Nous habitons la même maison. Je n'ai
plus de sucre[58]. Voyez-vous ce grand arbre[59] ? Jean, une autre assiette.

19ᵉ LEÇON. — **Les cas du singulier** (*suite*).

II et III. LE GÉNITIF ET LE DATIF SINGULIERS.

§ 1. — *Dans les noms.*

1. Les noms féminins sont invariables au singulier.

2. Les noms qui à l'accusatif prennent en ou n (p. 62), gardent cette terminaison à tous les cas :

Knabe, garçon (*acc.* Knaben),   *gén.* et *dat.* Knaben.
Fürst, *acc.*, *gén.*, *dat.* Fürsten; Herr, *acc.*, *gén.*, *dat.* Herrn.
(Sauf Nachbar, voisin, qui fait au *gén.* plutôt Nachbars).

3. Mais parmi les noms en e, ceux qui étaient jadis en en, comme Name (p. 58), font leur génitif sing. en ens :

Name, nom, *acc.* et *dat.* Namen, *gén.* Namens.

4. Les noms qui ne varient pas à l'accusatif prennent es au génitif, e au datif.

5. Et encore cet e disparaît-il du génitif (alors réduit à s) et du datif, dans tous les noms en el, er, en (voy. p. 22) :

Garten, jardin,   *gén.* Gartens,   *dat.* Garten.
Messer, couteau,   Messers,   Messer.

6. Et à volonté dans la plupart des autres noms :

Pferd, cheval,   *gén.* Pferd(e)s,   *dat.* Pferd(e).
Hof, cour,   Hof(e)s,   Hof(e).

7. Cependant l'e ne disparaît jamais au génitif si le nom finit par une *sifflante* s, z, x, sch, st, etc. (p. 2) :

Glas, verre,   *gén.* Glases,   *dat.* Glas(e).
Tisch, table,   Tisches,   Tisch(e).

§ 2. — *Dans les déterminatifs.*

8. Le masculin et le neutre se confondent ici. Ils ont, l'un et l'autre, pour signe du génitif, es ; — du datif, em. Au féminin ces deux cas ont un signe unique, er :

Masculin et neutre.				Féminin.
dieser,	*gén.* dieses,	*dat.* diesem,	*gén.* et *dat.*	dieser.
der,	des,	dem,		der.
ein,	eines,	einem,		einer.
unser,	unser(e)s [22],	unser('e)m [22],		unserer.

9. der, comme pronom dans le sens de *celui-là*, fait :

Au *gén.* (masc. et neutre), dessen (voy. p. 38); (fémin.), deren.

§ 3. — *Dans les adjectifs et participes.*

10. Employé sans article, l'adjectif se décline comme les déterminatifs, sauf qu'au génitif masculin et au génitif neutre il prend en (au lieu de es) :

Gut, bon, *gén.* masc. et neut. guten } fém., guter.
— — *dat.,* — — gutem }

11. Précédé d'un article, il n'a plus au génitif et au datif qu'une forme unique pour les trois genres, en :

de ce jeune homme, diefes jungen Mann(e)s.
à ce jeune homme, diefem jungen Mann(e).
de ou à cette jeune femme, diefer jungen Frau.
à un savant, einem Gelehrten; du même soldat, deffelben Soldaten.

VOCABULAIRE. — *Verbes gouvernant le génitif* (voy. p. 39).

bedürfen (se conjuguant sur dürfen (voy. p. 52) :

Weffen (ou was), bedürfen Sie? de quoi avez-vous besoin?

Verbes gouvernant le datif (voy. p. 41).

glauben { le datif de la personne : ich glaube Ihnen, je vous crois.
{ l'accusatif de la chose : ich glaube es, je le crois.

EXERCICES.

I. Sind Sie die Mutter diefes fchönen Kindes? Warum bedienen Sie fich nicht Ihres Meffers? Haben Sie mein Buch oder das unferes Nachbars? Ich habe das des Nachbars. Das ist eines Franzofen unwürdig. Wem fchickt Ihr Freund den Brief feines Vaters? Er fchickt ihn feiner Schwefter. Wo ist der Onkel diefes jungen Mädchens? Entledigen Sie fich Ihres Hutes. Ich freue mich diefer Nachricht. Ich bin meines Vermögens verluftig. Er ist eines andern Schickfals (sort) würdig. Die Armee glaubt fich des Sieges (victoire) gewiß. Gehört diefes Haus dem Schneider? Ich fchreibe dem Sohne Ihres Verwandten einen langen Brief. Glauben Sie ihm?

II. Voici la maison de ma tante. Connaissez-vous le nom de cette dame? A qui est ce chien? C'est le chien de mon ami. Comment trouvez-vous le visage de cet étranger? Montrez le chemin à (*au*) Monsieur. J'écris à votre jeune nièce. La voiture de ce monsieur ressemble à celle de notre parent. Cela appartient à un pauvre soldat. Prenez-vous mon cheval ou celui de mon frère? Le visage de cette jeune fille ressemble à celui de votre jeune sœur. Montrez-moi la lettre de votre frère. Pourquoi ne vous servez-vous pas de ma plume? On défend (verbietet) à ce pauvre malade l'usage [59] du vin. Ne croyez pas cet homme.

4.

20e LEÇON. — Nominatif et accusatif pluriels.

1. Au pluriel, le nominatif et l'accusatif sont toujours semblables. — Il n'y a plus à distinguer de genres.

§ 1. *Pluriel des déterminatifs* (e).

2. (Pareil, pour le nomin. et l'acc., au fém. sing.) :

dieſer, es, e, *Plur.* dieſe ;   der, das, die, *Plur.* die.

§ 2. *Pluriel des adjectifs et participes* (e ou en) :

3. Non précédé d'article, l'adjectif prend e (voy. p. 60) :

de belles tasses, ſchöne Taſſen ;   des savants, Gelehrte.

4. Mais précédé d'un article, l'adjectif prend en :

vos belles tasses, Jhre ſchönen Taſſen ;   les pauvres, die Armen.

§ 3. *Pluriel des noms.* — A. *Pluriel en* en.

5. 1° Tous les noms féminins :

Straße, rue, *pl.* Straßen ;   Zeitung, journal,   *pl.* Zeitungen.
Schuld, dette,   Schulden ;   Bäckerei, boulangerie,   Bäckereien.

6. Ceux en in redoublent cet n final devant en :

Erbin, héritière, *pl.* Erbinnen ; Königin, reine, *pl.* Königinnen.

7. Ceux en el ou er ne prennent que n :

Gabel, fourchette, Gabeln ;   Schweſter, sœur,   Schweſtern.

8. 2° Tous les noms masculins qui sont l'acc. sing. en en :

Knabe, garçon,   Knaben ;   Soldat, soldat,   Soldaten.
Menſch, homme,   Menſchen ;   Herr, monsieur,   Herren.

B. *Pluriel en* e.

9. 1° Les autres noms masculins :

Tiſch, table, *pl.* Tiſche ;   Beſuch, visite, *pl.* Beſuche.

10. Ils *adoucissent* (p. 20), s'ils n'ont qu'une syllabe :

Schlag, coup, *pl.* Schläge ;   Fuß, pied,   *pl.* Füße.
    (Geſang, chant ; Gebrauch, usage, etc., *adoucissent* aussi.)

11. 2° Beaucoup de noms neutres. Ils *n'adoucissent pas* :

Haar, cheveu, *pl.* Haare ;   Thor, porte (cochère), *pl.* Thore.

C. *Pluriel en* er, *avec adoucissement.*

12. Plusieurs noms neutres (et tous ceux en thum) :

Glas, verre, *pl.* Gläſer ;   Buch, livre, *pl.* Bücher.
Ei, œuf,   Eier ;   Kind, enfant,   Kinder.

D. *Pluriel sans terminaison.*

13. Ne prennent aucun signe du pluriel les noms masculins ou neutres en el, er, en, chen ou lein :

Onkel, oncle, *pl.* Onkel; Mädchen, fille; *pl.* Mädchen.

14. Sauf pour quelques masculins l'*adoucissement* :

Apfel, pomme, Aepfel; Bruder, frère, Brüder.

Irrégularités usuelles.

15. Font leur pluriel en en, quoique neutres :

Auge, œil; Bett, lit; Hemd, chemise; Insekt, insecte; Ohr, oreille.

En e, quoique féminins : 1° les noms en niß (pl. niffe); et 2° les suivants qui *adoucissent* à la façon masculine :

Hand, main (pl. Hände); Nuß, noix (Nüffe); Stadt, ville. Nacht, nuit; Kraft, force; Luft, air; Kunst, art; Kuh, vache.

En er quoique masculins :

Mann, homme (pl. Männer); Wald, forêt (Wälder); Rand, bord; Wurm, ver.

En e, mais sans adoucissement, quoique masculins :

Tag, jour (pl. Tage); Schuh, soulier (Schuhe); Hund, chien; Arm, bras; Stoff, étoffe; Dolch, poignard; Laut, son.

Sans terminaison et avec adoucissement, quoique fémin. :

Mutter, mère, pl. Mütter; Tochter, fille, *pl.* Töchter.

VOCABULAIRE ET EXERCICES.

I. Faire le pluriel des noms féminins suivants :

Nachricht, nouvelle. Schlacht, bataille. Mauer, mur. Pflicht, devoir. That, fait, action. Ader, veine.

II. Faire le pluriel (en er) des noms neutres suivants :

Bad, bain. Gras, herbe. Dorf, village. Weib, femme. Rad, roue. Lamm, agneau. Schloß, château. Kleid, vêtement. Blatt, feuille. Faß, tonneau. Korn, grain. Bild, image. Gras, herbe. Dach, toit. Horn, corne. Tuch, drap. Thal, vallée. Grab, tombeau. Loch, trou. Licht, lumière. Kalb, veau. Haus, maison. Holz, bois. Gesicht, visage.

III. Faire le pluriel (avec *adoucissement*) des noms masc. :

Laden, boutique. Acker, champ. Mantel, manteau. Garten, jardin. Vater, père. Vogel, oiseau. Faden, fil. Nagel, clou. Ofen, fourneau.

IV. Mettre au pluriel tous les noms déjà connus (v. p. 55, 56, 58, 62), sauf Eis, glace; Schnee, neige, et autres que leur sens indiquera comme n'ayant point de pluriel.

21e LEÇON. — **Génitif et datif pluriels.**

1. Ces deux cas ne diffèrent pas du nominatif pluriel quand celui-ci finit en en (ou n) (p. 66, r. 4, 5, 8, 15).

2. Le datif pluriel est toujours en en (ou n).

3. § 1. *Dans les déterminatifs.* Gén. er. Datif en :

die,	les	*Gén. plur.*	des,	ber,	*Dat. pl.*	aux,	ben.
biefe,	ces		de ces,	biefer,		à ces,	biefen.
feine,	aucuns		d'aucuns,	feiner,		à aucuns,	feinen.
meine,	mes		de mes,	meiner,		à mes,	meinen.
unfere,	nos		de nos,	unferer,		à nos,	unfer(e)n.

Rem. Le génitif pluriel est le même que le gén. singul. féminin.

§ 2. *Dans les adjectifs.* Gén. er ou en. Datif en.

4. Employé sans article, l'adjectif suit la loi des déterminatifs. Il fait alors son génit. plur. en er :

accusé de grands crimes, großer Verbrechen beschuldigt.

5. Précédé d'un article, il conserve à tous les cas du pluriel la terminaison en :

de ses chers enfants, feiner lieben Kinder.
à nos bonnes mères, unferen guten Müttern.

6. § 3. *Dans les noms.*

Si le nomin. plur. est en en (ou n), les autres cas aussi :

die Frauen,	les femmes,	*gén.* der Frauen,	*dat.* ben Frauen.
die Menschen,	les hommes,	der Menschen,	ben Menschen.
die Namen,	les noms,	der Namen,	ben Namen.
die Betten,	les lits,	der Betten,	ben Betten.
die Nadeln,	les aiguilles,	der Nadeln,	ben Nadeln.

7. Les noms qui ayant pour finale en, chen ou lein, ne prennent pas de terminaison au nomin. plur. (p. 67, r. 13), n'en prennent pas non plus aux autres cas :

die Mädchen,	les filles,	*gén.* der Mädchen,	*dat.* ben Mädchen.
die Degen,	les épées,	der Degen,	ben Degen.

8. Les autres noms conservent au génit. leur nominatif plur. ; mais au datif ils y ajoutent n :

Die Hüte,	les chapeaux,	*gén.* der Hüte,	*dat.* ben Hüten.
die Bücher,	les livres,	der Bücher,	ben Büchern.
die Vögel,	les oiseaux,	der Vögel,	ben Vögeln.

Remarque.

L'adoucissement, quand il existe au nominatif plur., se maintient à tous les cas du pluriel.

VOCABULAIRE ET EXERCICES.

Noms à décliner :

der Stiefel, la botte.
der Spiegel, le miroir.
der Aermel, la manche.
die Waare, la marchandise.
der Finger, le doigt.

das Laster, le vice.
das Muster, le modèle.
das Schiff, le navire.
die Flinte, le fusil.
die Bahn, la voie.
das Ufer, le bord.

der Rock, l'habit.
der Gast, l'hôte (celui qui est reçu).
der Wirth, l'hôte, l'aubergiste.
der Thurm, la tour.

EXERCICES SUR LE PLURIEL EN GÉNÉRAL.

I. Welchen Freundinnen schicken diese Damen die Blumen ihrer Gärten? Sie schicken dieselben den Töchtern unserer Nachbarn. Wo sind die Kinder dieser armen Leute[50]? Welche schönen Bäume! Erinnern Sie sich unserer Namen? Geben Sie diese Trauben Ihren Kindern und denjenigen Ihrer Freunde. Das gehört Engländern. Sie hat blaue Augen. Es gibt[50] noch gute Menschen.

II. Er thut den Armen Gutes. Ich bin meiner Besuche müde. Nichts ist guten Soldaten unmöglich. Er ist seiner Kinder beraubt. Wir suchen Wagen. Das sind schöne Häuser. Wir sind Fremde. Sind diese Soldaten Sachsen[16]? Nein, es sind Preußen. Hier sind Stühle. Sehen Sie diese Thäler[67], diese großen Bäume, diese schmalen Wege? Da sind sehr alte Schlösser. Bringen Sie meine andern Schuhe. Wir haben keine guten Pferde. Wo haben diese Kinder Vögel gesehen? Wer sind diese Herren? Und diese Damen?

III. Où sont nos fourchettes ? Nous n'avons point de nouvelles. Quelles sont vos espérances ? Donnez-moi de bonnes plumes. Ces jeunes dames sont-elles Parisiennes ? Qui sont ces inconnues. Ce sont les sœurs de ces messieurs. Ils ont des dettes. Ces rues sont larges. J'ai acheté des chemises neuves. Quels raisins ces dames désirent-elles ? Les noirs (*rouges*) ou les blancs ? Avez-vous des neveux, des nièces ?

IV. Qui sont ces nouveaux voyageurs ? Ce sont des Russes et des Anglais. Où demeurent messieurs X ? Je n'ai pas lu les journaux. Où sont nos nouveaux fusils ? Aimez-vous les arts ? Voici des noix fraîches. Nous n'avons point de verres. Voulez-vous des œufs ? Les oiseaux gazouillent. Ces manches ne sont-elles pas trop longues? Ce sont des égoïstes (62, r. 6). Cela appartient à de riches étrangers. Apportez des verres et des assiettes à ces messieurs.

22e LEÇON.

Genre et déclinaison des noms propres.

§ 1. *Noms propres de personnes.*

1. Les noms de personnes sont invariables, sauf au génitif où ils prennent ß ou 's (voy. p. 38, 40 et 23).

2. S'il y a plusieurs noms, le dernier seul prend ß :

Les œuvres de Frédéric Schiller, Friedrich Schiller's Werke.

3. Dès qu'il y a un article, le nom reste invariable :

Le père de Louis, der Vater des Ludwig.
J'écris à Charles, ich schreibe dem Karl.
La maison de M. Wolf, das Haus des Herrn Wolf.

4. On peut mettre l'article devant les prénoms. On le met aussi devant les noms en us, es, as qui ne sont pas susceptibles de prendre ß au génitif :

La vie de Fabius, das Leben des Fabius.

§ 2. *Noms de villes et de pays.*

5. Les noms de pays et de villes sont neutres.

6. Ils n'admettent pas l'article (voy. p. 14).

7. Ils ne varient qu'au génitif où ils prennent ß :

Afrika, l'Afrique, *gén.* Afrika's, de l'Afrique.
London, Londres, *gén.* Londons; Leipzig, Leipsick, *gén.* Leipzigs.
Italien, Italie; le ciel de l'Italie, der Himmel Italiens.

8. S'ils sont déjà terminés en e, ou r, ou z ils sont complétement invariables. Alors, pour indiquer le génitif, on emploie la préposition von (de) :

Les maisons de Paris, die Häuser von Paris.

9. On reste libre, d'ailleurs, d'employer von, au lieu du génitif, devant les autres noms de pays ou de villes.

Les habitants de Bruxelles, die Einwohner von Brüssel.

10. On emploie toujours von pour *de* après un titre :

Le roi de Prusse, der König von Preußen.

11. Sont féminins par exception (et alors sont invariables et prennent l'article) les noms en ie ou ei :

die Normandie; die Türkei, la Turquie; die Schweiz, la Suisse.

§ 3. *Noms de montagnes et cours d'eau.*

12. Ces noms se déclinent comme des noms communs. Ils prennent l'article, ils sont masculins :

ber Befuv, le Vésuve; ber Rhein, le Rhin; ber Nil, le Nil.

15. Cependant les noms des cours d'eau finissant en e el, au, quelquefois en er, ei, sont féminins :

bie Rhone, le Rhône; bie Mofel, la Moselle; bie Donau, le Danube. bie Tiber, le Tibre; bie Wefer, le Wéser; bie Weichfel, la Vistule.

VOCABULAIRE. — *Adjectifs dérivés des noms propres.*

Le génitif des noms de *villes* est souvent remplacé par des adjectifs en er (p. 17). Ces adjectifs sont indéclinables :

De la bière de Strasbourg,	Straßburger Bier.
Les journaux de Berlin,	bie Berliner Zeitungen.
La mode de Paris,	bie Parifer Mode.
A vos correspondants de Londres,	Ihren Londoner Correfpondenten.

(Ne pas confondre avec les noms de nationalité Parifer, etc. (p. 16).

Le génitif des noms de *pays* est souvent remplacé par des adjectifs en ifch (voy. p. 17) :

Le peuple français,	bas franzöfifche Volf.
De la paille d'Italie,	italienifches Stroh.

On ajoute ifch ou 'fch même aux noms de personnes :

Le système Crampton,	bas Crampton'fche Syftem.

EXERCICES.

I. Kiel ift jetzt ein beutfcher Hafen (port). Amfterbam ift eine holländifche Stabt. Es find Parifer Moden. Ich fuche bas Haus bes Herrn Müller. Wien ift bie Refibenz bes Kaifers [18] von Oefterreich. Wie heißt bie Königin von England? Haben Sie Beranger's Gebichte (poésies) gelefen [47]? Wo ift ber Vater bes Lubwig? Wo ift Lubwig's Mutter? Trinken Sie gern Wiener Bier? Europa wirb alt. Es ift eine amerifanifche Familie ba. Befommen Sie Londoner Zeitungen? Haben Sie Brüffeler Spitzen (dentelles).

II. Avez-vous vu les bords du Rhin? Connaissez-vous la hauteur (Höhe) de l'Etna (Aetna)? L'Angleterre est riche. Avez-vous écrit à votre correspondant de Berlin? Qui n'a pas lu les œuvres de Goethe? Le ciel de l'Angleterre ne ressemble [41] pas au ciel de l'Italie. Les maisons de Paris sont très-hautes [16]. Les rues de Leipsick sont-elles larges [16]? Je cherche la maison de Madame Müller. C'est une mode de Paris.

23ᵉ LEÇON. — **Les noms composés.**

§ 1. *Combinaisons de plusieurs noms en un seul.*

1. *De, à, en, pour*, entre deux noms, surtout quand le second nom n'est précédé d'aucun article, s'expriment très-souvent en joignant les deux noms ensemble :

Une arme à feu (une feu-arme), ein Feuergewehr.
Le chemin de fer (le fer-chemin), die Eisenbahn.
De la poudre pour les dents (dents-poudre), Zahnpulver.

2. L'ordre des noms est celui-ci : On met en dernier le plus général, celui qui est le premier en français :

Une machine à vapeur (une vapeur-m.), eine Dampfmaschine.
Le bureau de poste (le poste-b.), das Postbureau.
Un tableau à l'huile (l'huile-t.), das Oelgemälde.
Un pot à eau (un eau-pot), ein Wassertopf.

5. L'ensemble prend le genre du dernier nom :

der Hof, la cour;	der Bahnhof, la gare.
das Fleisch, la viande;	das Hammelfleisch, le mouton.
die Zange, la pince;	die Feuerzange (sing.) les pincettes.
der Markt, le marché;	der Blumenmarkt, le marché aux fleurs.

4. Le dernier nom seul se décline :

der Gasthof, l'hôtel;	des Gasthofs, de l'hôtel.
eine Windmühle, un moulin à vent;	Windmühlen, des moulins à vent.
ein Halstuch [67], un fichu, une cravate;	Halstücher, des cravates.

5. Souvent au premier nom on ajoute n ou s;
n quand il finit par e;
s quand il finit par t, g, etc. :

Suppe, soupe; der Suppenlöffel, la cuiller à soupe.
Seide, soie; die Seidenfabrik, la fabrique de soie.
Krieg, guerre; der Kriegsminister, le ministre de la guerre.

6. D'autres fois on ajoute e ou er :

Bad, bain; das Badehaus, l'établissement de bains.

7. D'autres fois on supprime la finale e ou en :

Kirche, église;	der Kirchthurm [69], le clocher.
Kirsche, cerise;	der Kirschbaum [58], le cerisier.
Schnupfen, rhume;	das Schnupftuch, le mouchoir.

8. Quand il y a plusieurs noms ou des noms trop longs, on les réunit souvent par un trait d'union (-). Le trait d'union évite aussi la répétition :

un commerce de tabac et de vin, eine Tabak- und Weinhandlung.
un meuble en acajou, ein Mahagoni-Möbel.
cette salade d'oranges, dieser Orangen-Salat.

§ 2. *Combinaison des noms avec d'autres mots.*

Les noms se combinent aussi avec des adjectifs :

des timbres-poste (des *libre-marques*), Freimarken.
le déjeuner (le *matinal-morceau*), das Frühstück.

Avec des radicaux de verbes :

des allumettes (petits bois pour allumer), Zündhölzchen.
un pourboire, ein Trinkgeld ; un rasoir, ein Rasirmesser.
chambre à coucher, Schlafzimmer; canne, Spazierstock.

Avec des prépositions et des adverbes :

des progrès (pas, Schritt ; en avant, fort), Fortschritte.

Certains noms ne s'emploient qu'en combinaison :

schirm, abri (*masc.*): Regenschirm, parapluie ; Feuerschirm, écran.
macher, faiseur : Schuhmacher, cordonnier; Uhrmacher, horloger.
händler, négociant : Buchhändler, libraire ; Tuchhändler, drapier.

Mann, au pluriel, se change souvent en Leute, gens :

Kaufmann, marchand, Kaufleute ; Seemann, marin, Seeleute.

Land, pays; Reich, règne, terminent souvent les noms de pays. Ceux-ci n'en rejettent pas moins l'article (p. 70) :

Frankreich, la France; Deutschland, l'Allemagne.

VOCABULAIRE ET EXERCICES.

I. *Décomposer les noms suivants :*

dé à coudre, Fingerhut.   encrier, Tintenfaß.   gant, Handschuh.
pépinière, Baumschule.   fauteuil, Armstuhl.   auberge, Wirthshaus.
poirier, Birnbaum.   nappe, Tischtuch.   saison, Jahreszeit.

Hausherr, Hausfrau, Kalbfleisch, Kaffeemaschine, Kaffeelöffel [38], Stahlfeder, Federmesser, Milchfrau, Nordwind [59], Blumentopf [55], Wassertopf, Wassermühle, Dampfschiff [69], Apfelbaum, Obstbaum [41], Theetasse, Holzmarkt.

II. Je cherche une librairie (Buchladen). Où est le libraire? Je désire un livre d'images [67] (images-livre) et une grammaire (Sprachlehre). Aimez-vous la soupe au riz [38] (riz-soupe) ? J'ai acheté des fauteuils en (von) bois de noyer (noix [67]-arbre-bois). Il fait clair de lune (Mondschein). Voici un essuie-main (main-drap). J'ai mal à la tête (Kopfweh).

III. Wollen Sie einen Hühnerflügel (aile de poulet)? Geben Sie mir ein weißes Halstuch. Haben Sie Briefpapier? Nein, ich habe nur gewöhnliches [49] Schreibpapier. Wo ist die Eisenbahnstation? Ist hier das Wartezimmer (salle d'attente)? Nein, es ist ein Speisezimmer (speisen, p. 13). Was thut der Sohn Ihres Schuhmachers? Es ist ein Möbelhändler. Ich habe Zahnweh. Sind hier gute Wirthshäuser? Das ist ein Zündnadelgewehr (fusil à aig.

5

Récapitulation du chapitre II. (Déclinaisons.)

I. DÉCLINAISON DÉTERMINATIVE.

Pour les articles, les pronoms et les adjectifs sans article :

	masc.	neut.	fém.	Pl. des 3 genr.
Nom.,	—er [a]	—eß [a]	—e	—e
Acc.,	—en	—eß [a]	—e	—e
Gén.,	—eß [b]	—eß [b]	—er	—er
Dat.,	—em	—em	—er	—en

[a] Ces formes er, eß, du nomin. masc., du nomin. et de l'acc. neutres sont rejetées par les articles ein, fein, mein, fein, ihr, Ihrer, unfer. Ils reprennent ces formes quand ils sont employés comme *pronoms* (voy. p. 16 et p. 54).

[b] Les adjectifs remplacent le génitif eß par en.

Exemples.

1° biefer, ce, celui-ci :

Nom.,	biefer	biefeß	biefe	pl. biefe
Acc.,	biefen	biefeß	biefe	biefe
Gén.,	biefeß	biefeß	biefer	biefer
Dat.,	biefem	biefem	biefer	biefen

2° ber, le :

Nom.,	ber	baß	bie	bie
Acc.,	ben	baß	bie	bie
Gén.,	beß	beß	ber	ber
Dat.,	bem	bem	ber	ben.

3° gut, bon
employé sans article :

Nom.,	guter	guteß	gute	gute
Acc.,	guten	guteß	gute	gute
Gén.,	guten	guten	guter	guter
Dat.,	gutem	gutem	guter	guten

II. DÉCLINAISON FAIBLE DES ADJECTIFS.

Lorsque les adjectifs sont précédés d'un article :

	masc.	neut.	fém.	Pl. des 3 genr.
Nom.,	—e ou er [c]	—e ou eß [c]	—e	—en
Acc.,	—en	—e ou eß [c]	—e	—en
Gén.,	—en	—en	—en	—en
Dat.,	—en	—en	—en	—en

[c] On remplace e par er au masculin, par eß au neutre, si l'article qui précède l'adjectif est un de ceux (ein, fein, fein, ihr, etc.), qui n'ont pas au nomin. et à l'acc. du singulier ces terminaisons er, eß.

Exercices récapitulatifs sur les premiers chap.

Locutions à expliquer (voy. p. 53).

Avez-vous mal au doigt ?	Haben Sie einen bösen (ou wehen) Finger?
Il a mal à l'œil,	Er hat ein böses Auge.
Il a mal aux yeux,	Er hat böse Augen.
Elle a mal aux pieds,	Sie hat böse Füße (ou wehe Füße).
J'ai froid aux mains,	Ich habe kalte Hände (ou die Hände kalt).
L'art embellit la nature,	Die Kunst macht die Natur schön.
Voici la chose…,	Die Sache ist diese…
Votre parent est-il toujours de ce monde?	Lebt Ihr Verwandter noch?
Il vous faut bien du temps,	Sie brauchen lange Zeit.
Je vous souhaite le bonsoir,	Ich wünsche Ihnen einen guten Abend.
Il va faire une belle journée,	Wir werden einen schönen Tag haben.
J'écrirais bien une lettre en allemand,	Ich kann einen deutschen Brief schreiben.
Qui avez-vous pour maître?	Was für einen Lehrer haben Sie?
Quel vin désirent ces messieurs? — du rouge.	Was für Wein wünschen die Herren? — rothen.
Laquelle est votre fille ?	Welches ist Ihre Tochter?
Elle a la bouche grande et le front petit,	Sie hat einen großen Mund und eine kleine Stirn.
Voilà de belles maisons!	Das sind schöne Häuser!
Ces pauvres filles n'ont plus de forces,	Diese armen Mädchen haben keine Kräfte mehr.
Nous avons d'excellentes chambres et d'excellents lits,	Wir haben vortreffliche Zimmer und Betten.
Aime-t-il la bière de Strasbourg?	Trinkt er gern Straßburger Bier?
Quel livre avez-vous? le mien ou celui de notre jeune ami?	Welches Buch haben Sie? Das meinige oder das unsers jungen Freundes?
J'ai celui du voisin.	Ich habe das des Nachbars.
Je n'ai pas le temps,	Ich habe keine Zeit.
Il n'avoue pas le fait,	Er gesteht die That nicht.
Cette plume est-elle à vous? elle n'est pas à moi,	Ist diese Feder die Ihrige? Nein, sie ist nicht die meinige.
Prenez-la,	Nehmen Sie dieselbe.

Récapitulation des déclinaisons (*suite*).

III. DÉCLINAISON DES NOMS.

Les noms suivent deux déclinaisons, la *Faible* ou la *Forte :*

I. LA FAIBLE.		Masc.	Fém.	Plur. **A.**
1° Les noms fémi-nins en général.	Nom.	=	=	en
	Acc.	en	=	en
2° Quelques noms masculins d'ê-tres animés.	Gén.	en	=	en
	Dat.	en	=	en
3° Tous les noms finissant par e.		Les noms fém. en el ou er ne prennent que l'n de la terminaison en (eln, ern).		

II. LA FORTE.		Masc. et neut.	Fém.	**B**	**C**	**D.**
1° Les noms mascul. en général.	Nom.	=	=	e	er	=
	Acc.	=	=	e	er	=
2° Tous les noms neutres.	Gén.	s ou es	=	e	er	=
	Dat.	(e)	=	en	ern	n
3° Quelques fé-minins excep-tionnels.		Les noms en el, er, en suivent le pluriel D, mais ceux en en ne prennent pas un second n au datif.				

EXEMPLES :

Déclinaison faible.

	sing. fém.	masc.
Nom.	That.	Graf.
Acc.	That.	Grafen.
Gén.	That.	Grafen.
Dat.	That.	Grafen.

Pluriel A.		
Nom.	Thaten.	Grafen.
Acc.	Thaten.	Grafen.
Gén.	Thaten.	Grafen.
Dat.	Thaten.	Grafen.

Déclinaison forte.

	masc.	neut.	neut.	er, el, en.
Nom.	Hut.	Haar.	Bad.	Vater.
Acc.	Hut.	Haar.	Bad.	Vater.
Gén.	Hut(e)s.	Haars.	Bades.	Vaters.
Dat.	Hut(e).	Haar.	Bade.	Vater

Pluriel B.		Plur. C.	Plur. D.
Nom.	Hüte.	Haare.	Bäder.	Väter.
Acc.	Hüte.	Haare.	Bäder.	Väter.
Gén.	Hüte.	Haare.	Bäder.	Väter.
Dat.	Hüten.	Haaren.	Bädern.	Vätern.

Le pluriel A (en en) ne prend jamais l'adoucissement.
Le pluriel C (en er) le prend toujours.
Les pluriels B (en e) et D ne le prennent jamais pour les noms neutres.
Ils le prennent souvent pour les noms masculins.
Ils le prennent toujours pour les noms féminins.
(Les seuls féminins qui suivent le pluriel D sont Mutter, mère, et Tochter, fille.)

Exercices récapitulatifs sur les premiers chap.

Il fait du soleil,	Die Sonne scheint.
Cet habit me serre trop,	Dieses Kleid ist mir zu eng.
Il est trop long de taille,	Die Taille ist zu lang.
Cette montre a besoin d'être nettoyée,	Diese Uhr muß gereinigt werden.
Prenez-moi mesure,	Nehmen Sie mir das Maß.
Comment se porte Monsieur votre père ?	Wie befindet sich Ihr Herr Vater ?
Madame votre mère se porte-t-elle toujours bien ?	Befindet sich Ihre Frau Mutter immer wohl ?
Mes forces s'en vont,	Mir schwinden die Kräfte.
Je n'ai pas beaucoup de temps à moi,	Meine Zeit ist kurz[16].
Ne faites pas l'enfant,	Seien Sie kein Kind.
Comment vont les affaires ?	Wie stehen die Sachen ?
Le temps se gâte,	Das Wetter wird schlecht.
Où y a-t-il des assiettes ?	Wo sind Teller ?
Je suis coupable de négligence,	Ich bin der Nachlässigkeit schuldig.
C'est digne du frère de votre ami,	Es ist Ihres Freundes Bruders würdig.
A quoi cela ressemble-t-il ?	Welcher Sache gleicht das ?
Il y a encore de braves gens,	Es gibt noch gute Menschen.
Quand y aura-t-il des raisins ?	Wann gibt es wieder [11] Trauben ?
Elle a les yeux bleus,	Sie hat blaue Augen.
Est-ce que son frère est malade ?	Ist ihr Bruder krank ?
De qui est-ce le fils ?	Wessen Sohn ist er ?
Cette maison est-elle à vous ?	Gehört dieses Haus Ihnen ?
Le lait a aigri,	Die Milch ist sauer geworden.
Etes-vous Allemande ?	Sind Sie Deutsch (ou eine Deutsche) ?
Je n'ai ni cuiller ni fourchette,	Ich habe keinen Löffel und keine Gabel.
La moutarde, s'il vous plaît ?	Bitte, den Senf.
Il me fait mauvaise mine,	Er macht mir ein böses Gesicht.
Faites attention,	Geben Sie Acht !
Croyez-vous cet homme ?	Glauben Sie diesem Manne ?
Prenons une voiture de louage,	Laßt uns einen Miethwagen nehmen.
Bonjour (le matin),	Guten Morgen, Guten Tag.
Bonjour (le soir), bonsoir,	Guten Abend.

CHAPITRE III.

LES PRÉPOSITIONS, LE LIEU ET LE MOUVEMENT.

24ᵉ LEÇON. — **Cas régis par les prépositions.**

1. Les prépositions indiquent :

— ou *la provenance*. Elles veulent le datif : aus, de; von, de.

— ou le *temps* (nous verrons celles-là, p. 134);

— ou les *circonstances* (déjà vues, p. 42); elles veulent,
les unes le datif : mit, avec; nach, d'après; zu, à.

les autres l'accusatif : für, pour; gegen, envers; ohne, sans
über, au sujet de; um, pour.

— ou le *lieu ;* parmi ces dernières,
les unes veulent toujours le datif :

außer, hors de ; bei, près de ; nach, vers, après ; zu,
les autres toujours l'accusatif :

durch, à travers ; gegen, wider, contre ; um, autour de.

2. Mais il en est qui veulent les deux cas, ce sont :

an, à ; auf, sur ; hinter, derrière ; in, dans ; neben, à côté de ;
über, au-dessus de ; unter, sous, entre ; vor, devant ;
zwischen, entre.

— Le datif, s'il s'agit d'une *situation ;*

— l'accusatif, s'il s'agit d'une translation, d'une *direction :*

Dat.:	Vous êtes assis sur ma chaise,	Sie sitzen auf meinem Stuhl.
Acc.:	Asseyez-vous sur ma chaise,	setzen Sie sich auf meinen Stuhl.
Dat.:	Le coussin est sous la table,	das Kissen liegt unter dem Tisch.
Acc.:	Mettez-le sous la table,	legen Sie es unter den Tisch.
Dat.:	Jean se tient derrière vous,	Johann steht hinter Ihnen.
Acc.:	Il se met derrière vous,	er stellt sich hinter Sie.
Dat.:	Le pain est dans le tiroir,	das Brod ist in der Schublade.
Acc.:	Mettez-le dans le tiroir,	legen Sie es in die Schublade.
Dat.:	Il y a un puits devant la m.,	vor dem Hause ist ein Brunnen.
Acc.:	Menez-nous devant la maison,	führen Sie uns vor das Haus.

3. Par situation, il faut entendre le mouvement quand
il s'effectue sans déplacement :

Il se promène dans le jardin, er spaziert in dem Garten.
Il marche (placé) à côté de moi, er geht neben mir.
(er geht neben mich signifierait : il vient se placer à côté de moi.)

Combinaison avec l'article défini.

4. Certaines prépositions s'unissent à l'accusatif neutre de l'article défini, baß, et au datif masc. et neutre, bem :

am pour an bem; beim pour bei bem; im pour in bem; vom pour von bem.
ans — an baß; burdjs — burdj baß; ins — in baß; zum — zu bem.
aufs — auf baß; fürs — für baß; ums — um baß.

(On peut mettre une apostrophe avant s : an'ß, auf'ß, etc.)

Le datif féminin ber ne s'unit qu'à zu : zur (pour zu ber).

Combinaison avec les pronoms waß et baß.

5. Les prépositions de *lieu* s'unissent, comme les autres (voy. p. 42), avec waß et baß, qui, soit à l'accusatif, soit au datif, s'identifient alors avec wo, où, et ba, là :

worauf (pour auf waß), sur quoi.
barauf (pour auf baß ou auf bem), sur cela, là-dessus.
barin, là-dedans; barunter, là-dessous; baran, à cela, y, etc.

Rem. L'r est intercalé pour l'harmonie avant les voyelles.

6. Ces combinaisons avec baß traduisent souvent *y* :

Mettez-y l'adresse (sur la lettre), fetzen Sie bie Abreffe barauf.

VOCABULAIRE. — *Traduction des verbes* mettre, placer, poser.

ftellen, quand on pose la chose debout, ex. : un verre sur la table.
legen, quand on la pose couchée, étendue, ex. : un papier.
fetzen, quand on l'assied, qu'on l'établit, qu'on l'installe.
thun, quand on la place intérieurement; ftecken, quand on l'enfonce.

EXERCICES.

I. Der Wald [67] liegt hinter bem Haufe. Wir gehen hinter baß Hauß. Er ftellt fich (comparaît) vor feinen Richter (juge). Das Gemälbe hängt (est suspendu) über bem Spiegel [68]; hängen Sie eß über bie Thür. Sie wohnen unter mir, hinter ber Kirche. Setzen wir unß unter biefen Baum. Ich fitze zwifchen Ihrem Sohne unb meinem Bruder. Ich ftelle meine Blumen vor baß Fenfter. Der weiße Wein fteht neben Ihnen. Eß ift Sitte (l'usage) in biefem Lanbe [78].

II. Restez près de moi. Placez-vous près de moi. Il se tient devant son uge. Mettez-vous devant nous; nous ne voulons pas dormir devant lui. Il nous cite (ruft) devant le juge. Asseyez-vous entre mon fils et moi. Nous allons derrière la maison. Il tient (hält) cela dans la main. Il entre (geht) dans son jardin. La soupe est sur la table. Portez (tragen Sie) ce paquet sur la table. Entrons dans ce café (Kaffeehauß). Il ne demeure plus dans cette maison. Il demeure maintenant au-dessus de moi. Mettez (ftecken Sie) cela dans le sac (Sack, m.). Il se précipite (er eilt) dans la chambre. Je vais serrer (thun) ces livres dans l'armoire (Schrank, m.).

25e LEÇON.

Traduction et emploi des prépositions.

Les prépositions allemandes ne correspondent pas toujours aux nôtres. Pour la traduction, c'est uniquement au sens qu'il faut s'attacher, ainsi on rendra :

§ 1er. PARMI LES PRÉPOSITIONS DE CIRCONSTANCES (voy. p. 42).

1. Celles qui indiquent l'*accompagnement*, l'*accessoire*, le *moyen*, l'*instrument*, par mit (avec) :

Un rôti (Braten) aux pommes de terre,	mit Kartoffeln.
Du café au lait, à la crème,	mit Milch, (mit Rahm).
Un chapeau à larges bords,	mit breitem Rande (sing.).
Cette table est à tiroirs,	mit Schublaben.
La fille aux yeux bleus,	mit blauen Augen.
Il payera en or,	mit Gold.
Il frappe (stampft) du pied,	mit dem Fuß.
Je remplis (fülle) mon verre de vin,	mit Wein.
S'occupe-t-il [43] de politique ?	mit Politik?
Que faites-vous de cet argent?	mit diesem Gelde?
Venez par le chemin de fer,	mit der Eisenbahn.
Je reçois (erhalte) cela par la poste,	mit der Post.
Je pêche à la ligne, à l'hameçon,	mit der Angel.
Il vous appelle à grands cris,	mit großem Geschrei [19].

2. Celles qui indiquent la *conformité*, le *système*, le *type*, le *modèle*, et qui signifient, *d'après*, par nach :

Un habit à l'anglaise,	nach der Englischen Mode.
Il parle à sa manière,	nach seiner Art.
Des yeux à la chinoise,	nach chinesischer Art.
Il juge (urtheilt) sur l'apparence,	nach dem Schein(e).
Mettez-vous à votre aise,	nach Ihrer Bequemlichkeit.
Tout va à mes souhaits,	nach meinen Wünschen.
Sur votre avis, j'ai payé,	nach Ihrer Meinung.
Ai-je tort à vos yeux ?	nach Ihrer Ansicht (sing.).

3. Celles qui signifient *en faveur de*, *en place de*, *pour*, par für :

Ceci est adressé (bestimmt) à Charles,	für Karl.
Ce wagon est destiné (id.) aux chevaux,	für die Pferde.
Il est bien disposé (gestimmt) pour vous,	für Sie.
Je réponds (ich stehe) de mon ami,	für meinen Freund.
Je vous remercie de vos bontés,	für Ihre Güte (sing.).
Voici pour votre peine,	für Ihre Mühe.
Cela est excellent pour la santé,	für die Gesundheit.

4. Celles qui indiquent l'*utilité* par zu (ou für) :

Le café est utile à la digestion,	zur Verbauung.
Qu'y a-t-il (was steht) pour votre service?	zu Ihren Diensten? (plur.)
Il me faut de l'étoffe pour gilets,	zu Westen (ou für Westen).

5. Celles qui indiquent le *but* par um, le *sujet* par über :

Je concours (bewerbe mich) pour le prix,	um den Preis.
Laissez-moi, pour l'amour de Dieu,	um Gotteswillen.
Êtes-vous instruit (wissen Sie) de cette affaire?	um diese Sache?
Interrogez- (fragen Sie) le sur son nom,	um seinen Namen.
Il appelle au secours,	um Hülfe.
Je ne me plains pas du prix,	über den Preis.
Il se réjouit de cette nouvelle,	über diese Nachricht.

6. Celles qui indiquent la *comparaison*, l'*échange*, par gegen ; l'*opposition* par gegen ou wider :

La terre est petite à côté du soleil,	gegen die Sonne.
Changez (tauschen Sie) votre cheval contre le sien,	gegen das sein(ig)e.
Cela est contraire à l'Écriture,	das ist wider die Schrift.

VOCABULAIRE. — *Emploi de prépositions :*

Parlez *au* concierge,	sprechen Sie mit dem Pförtner
Il m'a donné un coup *de* poing,	einen Schlag mit der Faust.
Nous sollicitons (*pour*) un emploi,	wir bewerben uns um ein Amt.

EXERCICES.

I. Compléter la traduction des exemples de la leçon.

II. Dieser Ring (anneau) ist zu weit (large) für mich. Ich brauche Zeug[59] zu einer Weste. Dieses scheint mir für den Preis zu gering (médiocre). Diese Stiefel[69] sind nicht nach meinem Fuß gemacht. Ich freue mich über diese guten Nachrichten. Beschäftigen Sie sich mit schönen Künsten[67]? Er fragt Sie um Ihre Wohnung. Setzen Sie sich nach Ihrer Bequemlichkeit. Ich danke Ihnen für Ihren Besuch[66]. Er macht Geschäfte mit Deutschland.

III. C'est un grand bonheur pour vous. Je désire de l'étoffe pour chemises, du satin (Atlas) pour un gilet, et du velours (Sammet) pour un habit. Cette lettre est adressée à votre mère. Ce sont les mêmes prix pour tout le monde. Voici des machines[72] d'un nouveau système[74]. Où est le jeune homme aux cheveux roux (roth) et au manteau[67] bleu? Apportez-nous un rôti au cresson (Kresse). Avez-vous de la bonne toile (Leinwand, fém.) pour mouchoirs? J'ai acheté pour ma chambre un lit à colonnes (colonne, Säule).

5

26ᵉ LEÇON. — **Traduction des prépositions** (*suite*).

§ 2. COMMENT ON TRADUIT DE.

1. DE, indiquant *dépendance* ou *possession* se rend par le génitif (voy. p. 38 et 64) ; dans les autres sens, il se traduit :

1° ou par une préposition, savoir :

2. Si *de* indique une *provenance*, von ou auß :

Une dépêche d'Italie,	eine Depesche von (ou auß) Italien.
Il descend de cheval,	er steigt vom Pferde.
Il est (originaire) de Genève,	er ist von (ou auß) Genf gebürtig.
Une tranche de ce jambon,	eine Schnitte von diesem Schinken.

3. La *composition* ou la *matière*, von (ou auß) :

Une couronne de fleurs,	ein Kranz von Blumen.
Une tasse de porcelaine,	eine Tasse von Porzellan.
Des rubans de velours noir,	Bänder von schwarzem Sammet

4. La *qualité* dont on est doué, von :

Un homme d'esprit, de talent,	ein Mann von Geist, von Talent.
Un général de mérite,	ein General von Verdienst.

5. L'*auteur* d'une chose ; l'*objet* d'un propos, von :

De qui est ce tableau ?	von wem ist dies Gemälde?
Il est du Corrége,	es ist von Correggio.
De quelles gens parlez-vous ?	von welchen Leuten reden Sie?

6. Si DE non suivi d'article indique la *cause* d'une sensation, vor ; s'il y a un article, an :

Il tremble de peur, de froid,	er zittert vor Furcht, vor Kälte.
Je meurs de faim,	ich vergehe vor Hunger.
Il souffre de la fièvre,	er leidet am Fieber.

7. Si DE indique l'instrument, le moyen, mit (p. 80).

2° ou par une apposition :

8. Il y a *apposition* quand deux noms se suivent sans préposition ni génitif. Ainsi se traduit DE venant, sans article, après un nom de mesure ou de définition :

Une tasse de café,	eine Tasse Kaffee.
Une feuille de papier,	ein Bogen Papier.
Un tas de pommes,	ein Haufen Aepfel.
Un morceau de pain,	ein Stück Brod.
Une bouteille d'eau fraîche,	eine Flasche frisches Wasser.
La ville de Bâle,	die Stadt Basel.
Le mois de mai,	der Monat Mai.
Le royaume de Prusse,	das Königreich Preußen.

3° *ou par une combinaison de noms* (voy. p. 72) :

9. On peut exprimer ainsi la provenance, la matière :

Vent du nord, Norbwinb; plume d'acier, Stahlfeber.

Mais non la mesure ni la contenance (voy. r. 8) :

Milchtopf signifierait : *pot à lait* et non *pot de lait* (Topf Milch).
Suppenteller : *assiette à soupe* et non *de soupe* (Teller Suppe).

4° *ou par des adjectifs avec les finales suivantes :*

10. ig, lich, etc., pour la qualité (voy. p. 17) :

un homme de courage,	ein muthiger Mann (ou von Muth).
une maison d'un étage,	ein einstöckiges Haus.

er, isch, pour la provenance (er, de villes, isch, de pays) :

des montres de Genève,	Genfer Uhren (voy. p. 71).
des journaux de France,	Französische Zeitungen.

en ou ern pour la matière (voy. p. 17) :

une tabatière d'or,	eine goldene Dose (ou von Gold).
un lit de fer,	ein eisernes Bett (ou von Eisen).
une table de marbre,	ein marmorner Tisch (ou von Marmor).
seiden (von Seide), de soie ;	bleiern (von Blei), de plomb.
wollen (von Wolle), de laine ;	kupfern (von Kupfer), de cuivre.
tuchen, (von Tuch), de drap ;	silbern (von Silber), d'argent.

EXERCICES.

I. Was sagt man vom Kriege? Er steigt vom Berge. Ich erwarte das von Ihrer Freundschaft. Sie sagt böses von Ihnen. Wir sprechen von unserm Geschäfte. Ist es eine Sache von großem Werth (valeur)? Geben Sie uns eine Flasche Wein. Was für eine Sorte Papier wollen Sie? Ich habe einen Hut von italienischem Stroh [71]. Haben Sie gute Genfer Uhren? Hier sind goldene und silberne. Er weint vor Freude [14]. Die Pferde können vor Müdigkeit (fatigue) nicht mehr stehen. Diese Gemälde sind aus der italienischen Schule.

II. De quel pays êtes-vous? Je suis de Breslau. Recevez-vous des journaux de Londres? Nous venons de l'école. Je meurs de soif. C'est un homme d'ancienne noblesse (Abel, m.). Il est de notre société. Laissez là une pile (Stoß) d'assiettes. Je vous demanderai un verre de vin. C'est un homme de grand mérite. Voici un ruban de velours noir. Ce sont des chaises de bois peint (gefärbt). J'ai une table du même bois. Il donne à cet enfant des soldats de plomb. Il me faut un habit de drap et un gilet de satin. De qui parlez-vous? De votre frère. Il tremble de colère (Zorn). Prenez une tasse de thé avec une goutte (Tropfen) de lait et un morceau de gâteau (Kuchen, m.).

27e LEÇON. — **Les prépositions** (*suite*).

§ 3. PRÉPOSITION DE LIEU A.

1. zu traduit *à* indiquant *contact, jonction, tendance :*

Toujours le datif	Il se met au lit (à lit),	zu Bett(e).
	Il tombe à terre,	zu Boden, zu Erde.
	Venez à moi,	zu mir.
	Vient-il à cheval ou à pied?	zu Pferd, oder zu Fuß?
	Il se jette (p. 29) à vos pieds,	Ihnen zu Füßen.
	Je suis (stehe) à vos ordres,	zu (Ihrem) Befehl (sing).

2. an, *à* signifiant *au bord*, suspendu à, tourné vers :

Situation (datif)	Il se tient à côté de moi,	an meiner Seite.
	Il écoute (horcht) à la porte,	an der Thür.
	Il mange (speis't) à table d'hôte,	an der Table d'hôte.
	Il loge sur la grande route,	an der Landstraße.
	Il joue sur le (au) bord de la mer,	am Meeresufer.
	Les villes situées sur la Seine,	an der Seine.
	C'est suspendu (es hängt) au mur,	an der Wand.
Direction (accus.)	Suspendez-(hängen Sie) le au mur,	an die Wand.
	Il s'adresse (wendet sich) à la foule,	an die Menge.
	Il s'appuie (lehnt sich) à l'arbre,	an den Baum.

3. auf, *à* (sur) indiquant une *superposition* ou un mouvement *ascensionnel :*

Situation (datif)	La soupe est sur la table,	auf dem Tische.
	Il se tient sur le pont,	auf der Brücke.
	Il est dans une île,	auf einer Insel.
	Il est en mer,	auf dem Meere.
	Il vit à la campagne,	auf dem Lande.
	On trouve cela au marché,	auf dem Markt.
Direction (accus.)	Portez (p. 29) cela sur la table,	auf den Tisch.
	L'armée marche [13] sur Vienne,	auf Wien.
	Mettez ma lettre à la poste,	auf die Post.
	Il monte (steigt) à l'échelle,	auf die Leiter.
	Il tombe à terre,	auf die Erde.
	Il grimpe (klettert) à l'arbre,	auf den Baum.
	Allons au château,	auf das Schloß.
	Elle va au bal,	auf den Ball.
	Il va (reis't) à la foire,	auf die Messe.
	Allez-vous à la campagne?	auf das Land?
	Je vais à la chasse,	auf die Jagd.

4. in traduit *à* (dans) indiquant une situation *intérieure* ou un mouvement d'entrée :

Situation (datif)	Il est au théâtre, au lit,	im Theater, im Bette.
	Il tient cela à la main,	in der Hand.
	Il dort à l'ombre,	im Schatten.
	Il demeure à Breslau,	in Breslau.
Direction (accus.)	Je mets (thue) l'enfant à l'école,	in die Schule.
	Je vais au café,	in das Kaffeehaus.
	Menez [18] ce cheval à l'écurie,	in den Stall.
	Il tombe à la rivière,	in den Fluß.
	Il va (reis't) aux eaux,	in's Bad.

5. nach traduit *à* (vers) indiquant *acheminement vers*, *la route pour*, surtout devant les noms de pays :

Toujours le datif	Il va en France; à Paris,	nach Frankreich; nach Paris.
	Il fait voile (segelt) pour le Brésil,	nach Brasilien.
	Ce chemin mène (führt) à l'hôtel,	nach dem Gasthofe.

VOCABULAIRE. — *La préposition de lieu à prise au figuré.*

an indique à quelle personne on s'*adresse*.

payez au receveur, zahlen Sie an den Einnehmer.
Adressez-vous à M. le ministre, wenden Sie sich an den Herrn Minister.

an s'emploie (avec l'accus.) après denken, penser :

à qui pensez-vous? à lui, an wen denken Sie? an ihn.

EXERCICES.

I. Compléter la traduction des exemples.

II. Wer klopft an meine Thür? Er sagt es mir in's Ohr. Wir werden bald in Paris sein. Gehen Sie bisweilen in's Theater? Sie denkt an ihr Geld. Er läßt ein neues Glas auf seine Uhr setzen. Diese Straße führt auf einen großen Platz. Ich reite auf's Land. Nach welcher Seite (côté) muß ich gehen? Welcher Weg führt nach dem Bahnhof? Er wärmt sich in der Sonne. Schicken Sie dies Packet nach meinem Gasthofe. Zu Befehl.

III. Il lève (hebt) les yeux au ciel. Votre mère est-elle encore à Berlin? Ce chemin mène-t-il à la rivière? Comment? vous êtes encore au lit! Votre frère n'est-il pas à la campagne? Cette voiture nous conduira à la gare. Je loge à l'hôtel de l'Aigle (zum Adler). Il a de l'argent à la main. De quel côté allez-vous? Adressez-vous à l'inspecteur (Inspector). Il ne demeure plus à la ville. Je suis tombé à terre. Notre ami est-il au théâtre? Non, il est au bal. Pourquoi n'êtes-vous pas allés (gegangen) à l'école?

28ᵉ LEÇON. — **Préposition de lieu** (*suite*).

§ 4. TRADUCTION DE LA PRÉPOSITION CHEZ.

1. Le mot *chez* se traduit différemment suivant qu'il y a situation ou direction, savoir :

— par bei, quand il y a situation,
— par zu, quand il y a direction,
— par von, quand il y a provenance,
} toujours le datif (voy. p. 78).

Chez qui est-il ?	bei wem ist er ?
Chez qui va-t-il ?	zu wem geht er ?
Dè chez qui vient-il ?	von wem kommt er ?
Je viens de chez un ami,	von einem Freunde.
Il dîne chez moi,	er ist bei mir.
Je vais chez vous,	ich gehe zu Ihnen.
Je viens de chez vous,	ich komme von Ihnen.
Conduisez-moi chez mon père,	zu meinem Vater.

2. On peut, pour plus de clarté, employer les mots Wohnung (logement), Haus (maison), mais alors en revenant aux prépositions ordinaires :

Il est chez moi (dans ma maison),	in meinem Hause.
Je vais chez vous (vers votre maison),	nach Ihrem Hause.
Je viens de chez vous (de votre maison),	aus Ihrem Hause.
Envoyez cela chez moi,	schicken Sie das in meine Wohnung.

3. Cette tournure par Haus devient indispensable quand le pronom qui suit *chez* désigne la personne même qui est le sujet du verbe :

Il est chez lui (au logis),	er ist zu Hause.
Je suis chez moi,	ich bin zu Hause (ou daheim).
Je vais chez moi,	ich gehe nach Hause (ou heim).
Je viens de chez moi,	ich komme von Hause.

Dans ce cas, l'emploi du pronom personnel serait équivoque : ich bin von mir signifierait : j'ai perdu la tête ; außer mir, je suis hors de moi ; in sich gehen, rentrer en soi.

4. Mais on dira très-bien :

Venez chez moi,	kommen Sie zu mir.
Je cours chez lui,	ich eile zu ihm.
Venez-vous de chez nous ?	kommen Sie von uns ?

parce que le sujet du verbe et le régime du mot *chez* sont deux personnes différentes.

§ 5. *Traduction des prépositions* CONTRE, SUR, PAR.

5. CONTRE signifiant *à l'opposé de*, se dit gegen ou wiber.
Il nage contre le courant, gegen (ou wiber) ben Strom.

6. CONTRE signifiant *tout près de*, bei ou neben (78):
Il loge contre l'église, bei (ou neben) ber Kirche.

7. SUR, quand il y a *appui* sur une chose, auf (84):
Il est étendu sur le tapis, auf bem Teppich.

8. SUR, quand il y a *superposition sans contact*, ou bien *passage, traversée par dessus*, über (78):
Cet oiseau plane (schwebt) sur nos têtes, über unseren Köpfen.
Ce ruisseau coule (fließt) sur des cailloux, über Kiesel.

9. über s'emploie aussi pour la supériorité morale:
Le vin est (va) pour lui au dessus de tout, geht ihm über Alles.

10. PAR signifiant *à travers*, burch ou über:
Il va à Vienne par Genève, über (ou burch) Genf.
On passe (geht) par une forêt, burch einen Wald.

11. PAR signifiant *par l'entremise de*, se dit aussi burch:
Je l'ai obtenu (erhalten) par mon ami, burch meinen Freund.

12. PAR indiquant l'*instrument*, *le moyen* ou l'*auteur*, se dit mit devant un nom de chose, von devant un nom d'être:
Je pars (reise) par le chemin de fer, mit ber Eisenbahn.
Il est blâmé par tout le monde, von Jedermann getabelt.

EXERCICES.

I. Zu wem wollen Sie gehen? Ich komme von einem Kaufmann. Bleibt Ihr Bruder heute zu Hause? Nein, Sie werden ihn nicht zu Hause treffen (trouver). Wollen Sie etwas bei mir kaufen? Ich habe diese Uhr bei Ihnen gekauft. Begleiten Sie (accompagnez) biese Dame nach Hause. Wollen Sie mich zu meinem Vater führen? Werden Sie morgen bei mir speisen? Sein Haus ist neben dem meinigen. Rechnen Sie auf mich. Bleiben Sie auf Ihrem Stuhle. Können Sie über den Stuhl springen?

II. Monsieur X. est-il chez lui? Je mange chez mon frère. Je sors de chez vous. Ils vont chez leur sœur. J'ai oublié (vergessen) mon livre chez vous. Chez qui va votre domestique? Il va chez vous. Je viens de chez un ami. Demeurez-vous chez votre père? Ce domestique a servi (gebient) chez moi. Nous ne dînons pas à la maison. Vos sœurs sont-elles chez elles? Pouvez-vous venir chez moi aujourd'hui? Il insiste (besteht) sur son opinion (Meinung). Il passe (geht) sur le tapis. Passez par la cour.

29ᵉ LEÇON. — **Particules composées**.

LOCUTIONS ADVERBIALES ET PRÉPOSITIVES.

1. Diverses locutions jouent un rôle d'adverbes :

Sans doute, ohne Zweifel.	de force, mit Gewalt.
Au fond, im Grunde.	à dessein, exprès, mit Fleiß.
En ce cas, in diesem Falle.	au comptant, gegen Baar.
Au besoin, im Nothfalle.	à crédit, auf Borg, auf Credit.
Au hasard, auf's Gerathewohl.	à l'envi, um die Wette.
Tout de bon, im Ernste.	de plus belle, von Neuem.
Par malheur, mit Unglück.	mal à propos, zur Unzeit.

2. Ou de prépositions quand elles ont un régime :

En faveur de mon frère,	zu Gunsten meines Bruders.
A l'insu de tout le monde,	ohne Jemandes Wissen.
Au milieu de la cour,	in der Mitte des Hofes.

3. Quelques-unes, défigurées, ont les apparences d'une préposition simple, mais veulent encore le génitif :

Par suite de ce contrat,	zufolge (ou zu Folge) des Vertrages.
Au lieu de mon fils,	statt (ou anstatt) meines Sohnes.
En vertu de la loi,	kraft (*force*) des Gesetzes.
Aux termes de cette lettre,	laut (*haute voix*) dieses Briefes.
En dépit de mon ordre,	trotz (*affront*) meines Befehles.
En vertu de son rang,	vermöge (*pouvoir*) seines Ansehens.

4. Plusieurs se placent en outre après leur régime :

Pour l'amour de Dieu,	um Gotteswillen.
A cause de votre âge,	Ihres Alters halber (ou wegen).
(Mais on dit très-bien aussi,	wegen Ihres Alters.)

5. Placés avant willen, wegen ou halb, les pronoms personnels prennent au génitif et pour er; was et das deviennent au génitif weß et deß :

A cause de vous,	Ihretwegen (pour Ihrerwegen).
Pour l'amour de moi,	um meinetwillen.
A quel sujet ? à cause de cela,	weßhalb ? deßhalb, deßwegen.

6. Plusieurs adverbes sont formés par le signe s :

Allseits, de tous côtés; links, à gauche; rechts, à droite, abseits, à l'écart; halbwegs, à mi-chemin; unterwegs, en route; rückwärts, à rebours, à reculons; vorwärts, en avant.

7. D'autres sont formés de prépositions combinées :

gegenüber, vis-à-vis, en face; zuwider, à l'opposé; entgegen, au devant, à la rencontre; voraus, en tête, d'avance.

8. mitten, au milieu; weit, fern, loin; links, rechts, ne peuvent avoir un régime que par l'entremise de prépositions :

Nous sommes loin de Paris,	weit von Paris.
L'arbre est à droite de la maison,	rechts vom Hause.
Et au milieu de la cour,	mitten in dem Hofe.

Les adverbes du § 7 se placent après leur régime mis au datif (nahe s'emploie des deux façons) :·

Il demeure près de l'église,	der Kirche nahe, ou nahe bei der Kirche.
Et vis-à-vis de votre maison,	Ihrem Hause gegenüber.
Allons au-devant de notre ami,	unserm Freunde entgegen.

9. *Le long de* se dit längs avec le datif, ou entlang avec l'accusatif (entlang se met après son régime) :

Il court le long de la route,	längs des Weges; den Weg entlang.

10. *Jusqu'à* se rend par bis avec une préposition :

jusqu'à sa bouche,	bis an seinen Mund.
jusqu'au sang,	bis aufs Blut.

Mais bis s'emploie seul devant les mots indéclinables :

jusqu'à Paris, bis (nach) Paris;	jusque de l'autre côté, bis jenseits.

VOCABULAIRE. — *Locutions prépositives (avec le genitif)*.

innerhalb, dans l'intérieur de.	diesseits, de ce côté de.
außerhalb, à l'extérieur de.	jenseits, de l'autre côté de.
oberhalb, au-dessus de.	vermittelst, au moyen de.
unterhalb, au-dessous de.	ungeachtet, malgré.

EXERCICES.

I. Er handelt ohne Wissen seines Vaters. Mein Haus liegt außerhalb der Stadt. Am Ende (bout) der Straße werden Sie eine Brücke finden. Jenseits des Flusses ist eine Vorstadt (faubourg). Er wohnt diesseits des Rheines. Er lebt in der Mitte seiner Kinder. Ich bin hier zufolge Ihres Befehles. Ich bewillige (consens) diesen Rabatt (rabais) Ihretwegen. Den Weg entlang stehen Bäume. Ihr Garten ist nicht weit vom meinigen. Setzen Sie sich rückwärts im Wagen.

II. Je demeure de l'autre côté du Rhin. Son château est situé en dehors de la ville, non loin de mon jardin. Nous restons ici à cause du mauvais état (Zustand) de la route. Prenez l'escalier à droite. Allez jusqu'au bout de la rue. La ville est sur la rive (Ufer, n.) droite du fleuve. Ce n'est pas loin du port (Hafen). Il vous accompagne jusque de l'autre côté de la montagne. Il demeure vis-à-vis de l'église.

30e LEÇON. — **Combinaisons de particules.**

ADVERBES DE LIEU ET DE MOUVEMENT.

1. Il y a des adverbes spéciaux pour la *situation :* wo, où ; da, dort, là ; hier, ici.

2. Quelques-uns sont formés avec des prépositions par la finale en. (Dans ce cas über se change en oben) :

oben, en haut ;   außen, en dehors ;   hinten, par derrière.
unten, en bas ;   innen, en dedans ;   vorn, par devant.

Pour mieux préciser on ajoute da (pour dar, c'est-à-dire da, voy. p. 79), draußen, droben, etc., ou dort : dort oben, etc.

3. Il y a d'autres adverbes qui indiquent spécialement la *direction.* Mais il faut distinguer deux directions :

1° Celle qui *rapproche* les personnes : her, de là, ici ;
2° Celle qui les sépare, les *éloigne :* hin, d'ici, là-bas :

Je viens de loin,   ich komme von weit her.
Je le quitte pour venir à vous,   ich komme von ihm her.
Je vous quitte pour aller là,   ich gehe von Ihnen hin.

4. Wo, da, dort deviennent des adverbes de direction par une combinaison avec her et hin :

venue : { woher, d'où.   *départ :* { wohin, où.
       { daher, de là.   { dahin, dorthin là(-bas).

wo et her, wo et hin peuvent se séparer ainsi :

où allez-vous? wohin gehen Sie, ou wo gehen Sie hin?

Combinaison avec des prépositions.

5. Comme her et hin n'indiquent pas suffisamment comment se produit le mouvement, si c'est de bas en haut, du dehors au dedans, etc., on les combine avec des prépositions qui complètent le sens. (Dans ces combinaisons on emploie ein pour in ; et l'on use d'une particule inusitée isolément, ab) :

herab, de là-haut ici (en bas) ;   hinab, d'ici (en haut), là en bas.
herauf, ici dessus, ici en haut ;   hinauf, là-dessus, là-haut.
heraus, ici dehors, hors de là ;   hinaus, là dehors, hors d'ici.
herein, ici dedans ;   hinein, là dedans.
herunter, ici dessous ;   hinunter, là dessous.
herüber, de ce côté-ci ;   hinüber, de l'autre côté,
herum, par là, autour.   etc.

6. Mais von ne se combine pas ainsi. On dit :

von hier, d'ici.   von da, de là(-bas) ;
De là haut nous verrons la mer, von dort oben.

Combinaison avec les adverbes.

7. ɦer, ɦin et leurs composés ɦerab, etc., quand ils précèdent un infinitif ou un participe, se joignent à lui ; il en est ainsi de plusieurs autres adverbes, savoir :

bar (pour ba); fort, loin, en avant; ɦeim, au logis; nieber, à bas; voraus, zuvor, d'avance; vorüber, vorbei, au-delà; weg, loin; zurück, en arrière; zuſammen, ensemble; wieber, derechef.

Où irons-nous ?	wo wollen wir ɦingeɦen ?
Faites-le entrer,	laſſen Sie iɦn ɦereinkommen.
Comment êtes-vous revenu ?	wie ſinb Sie zurückgekommen.
L'année s'est bien passée,	bas Jaɦr iſt gut vorübergegangen.
Il faut que je m'en aille,	icɦ muß fortgeɦen.

8. Mais cette jonction momentanée cesse dès que les règles appellent les dépendances du verbe après lui (p. 35). Ces adverbes se mettent alors à la fin de la phrase :

Il revient d'Angleterre,	er kommt aus England zurück.
Jetez cette lettre,	werfen Sie bieſen Brief weg.
Vous devancez mes désirs.	Sie kommen meinen Wünſchen zuvor.

VOCABULAIRE. — *Traduction de* en *et* y (voir aussi p. 43 et 79).

En et *y* se traduisent souvent par les adverbes de cette leçon :

Voulez-vous m'y conduire ?	wollen Sie micɦ baɦin füɦren ?
Montrez-m'en le chemin,	zeigen Sie mir ben Weg baɦin.
Je suis en haut, venez-y,	icɦ bin oben, kommen Sie ɦerauf
Vous êtes là-haut, descendez-en,	ſteigen Sie ɦerab.

EXERCICES.

I. Wo geɦen Sie ſo ſchnell ɦin ? Was für ein Weg füɦrt von ɦier nacɦ Metz ? Er ſteigt vom Berge ɦerunter. Icɦ bin ſchon unten; kommen Sie ɦerunter. Wer klopft ? Kommen Sie ɦerein. Wir klettern auf ben Baum ɦinauf. Seɦen Sie bort ɦin. Sinb Häuſer ba ɦerum ? Da iſt eines. Iſt es weit von ɦier ? Wollen Sie ɦinein geɦen ? Er füɦrt iɦn nacɦ bem Fluß ɦin. Woɦer kommen Sie (ou wo kommen Sie ɦer) ? Icɦ ſenbe Iɦnen bieſes Bucɦ zurück.

II. Où demeure-t-il ? Pas loin d'ici. Où va-t-il ? Il descend là en bas. Que veut-il faire là en bas ? Il veut voir la rivière et s'y baigner. Est-elle loin d'ici ? D'où venez-vous ? Je viens de là-bas. J'en viens aussi. Voulez-vous entrer ? Non, je reste dehors. L'église est ouverte (offen), entrons-y. Il est venu au-devant de mes désirs. Quand est-il revenu d'Angleterre ? Le danger est passé. Enlevez (enlever, wegneɦmen) ce plat. Je m'en vais. Allons-nous-en.

31ᵉ LEÇON. — **Combinaison des particules** (*suite*).

PRÉPOSITIONS COMBINÉES AVEC DES VERBES.

1. Les prépositions ab, an, auf, aus, bei, burch, ein (pour in), hinter, mit, nach, über, unter, um, vor, wider, zu, prenant un rôle *adverbial* (p. 11), se combinent avec les verbes, comme les adverbes de la page précédente :

ausgehen (aller dehors), sortir; *participe :* ausgegangen, sorti.

2. Pour s'expliquer leur influence sur le sens des verbes, il faut souvent leur donner à elles-mêmes la valeur d'un second verbe. Elles marquent généralement :

ab, départ :	abreisen, partir en voyage; abgehen, manquer.
— —	abreiten, abfahren, partir à cheval, en voiture.
— extraction :	abschreiben, copier; abnehmen, décharger.
an, approche :	ankommen, arriver; anziehen, tirer à soi, s'habiller.
— —	anfangen, commencer, se mettre à; anbieten, offrir.
auf, élévation :	aufstehen, se lever; auftragen, servir (sur table).
— ouverture :	aufmachen, ouvrir; sich aufhellen, s'éclaircir.
aus, sortie :	aussteigen, descendre de voiture; ausgeben, dépenser.
— —	ausführen, exporter; aussprechen, prononcer.
burch, traversée :	burchgehen, traverser.
ein, entrée :	einsteigen, monter en voiture; einladen, inviter.
— —	einschreiben, enregistrer.
nach, accord :	nachgeben, céder.
— —	nachmachen, imiter; nachahmen, contrefaire.
über, transport :	übersetzen, transporter.
unter, dessous :	unterbringen (mettre à couvert), loger.
um, détour :	umwenden, tourner (la tête); umbiegen, recourber.
vor, présence ,	avance, préférence: vorziehen; préférer.
zu, fermeture :	zumachen, fermer; zusiegeln, cacheter.
— tendance :	zuziehen, attirer; zubringen, passer (son temps).

Séparables.

3. Presque toutes ces prépositions se séparent du verbe, comme her, hin, etc. (voir leçon précédente), dès que leur rôle d'adverbes les appelle après lui (p. 35), et vont se placer tout à fait à la fin de la phrase :

anzünden,	allumer : zünden Sie das Feuer an, allumez le feu.
aufgehen,	quand se lève le soleil ? Wann geht die Sonne auf?
vorgehen,	ma montre avance, meine Uhr geht vor.
umwenden,	je tourne la tête, ich wende den Kopf um.
abhangen,	cela dépend de lui, das hängt von ihm ab.

4. *Prononciation.* Ces particules séparables sont *accentuées* (p. 21) et leur accent l'emporte sur celui du verbe.

Inséparables.

5. Par exception ᵬinter, wiᵬer et un adverbe, voll, sont inséparables. Vrais préfixes (p. 19), ils perdent l'accent et excluent le ge du participe passé :

> widerſprechen, contredire, er widerſpricht mir.
> Il vous a contredit, er hat Ihnen widerſprochen.
> vollziehen, exécuter; vollbringen, accomplir, ich vollbringe.

6. Il en est de même souvent de üᵬer, unter, burcᵬ, um, surtout quand ces mots correspondent à des préfixes français, *sur, sous, entre, tra,* etc. :

> überforbern, surfaire; übertreffen, surpasser; überzeugen, convaincre.|
> unterhalten, entretenir;   unternehmen, entreprendre.
> unterſtützen, soutenir;   unterzeichnen, signer, souscrire.

7. Mais dans certains verbes ces quatre mots deviennent, selon le sens, séparables ; notamment quand l'idée dominante porte plus sur eux que sur le verbe. Ils reprennent alors d'ordinaire leur rôle de *prépositions* :

> überſetzen (traduire) est inséparable, — (franchir) séparable.
> burchgehen (feuilleter) est inséparable, — (passer par) séparable.
> Comment passe-t-on le fleuve ? wie ſetzt man über den Fluß ?
> Traverse-t-on la forêt ?   geht man burch den Walb ?

Si le verbe est *neutre,* la séparation est fréquente :

> Le soleil se couche,   die Sonne geht unter.
> Le vase déborde,   bas Gefäß fließt über.

EXERCICES :

I. Tragen Sie ben Kaffee auf. Man wirb balb anfangen. Steigen Sie ein. Er zünbet bas Licht an. Heute gehe ich nicht aus. Wie viel haben Sie ausgegeben? Die Wiſſenſchaft[19] geht ihm ab. Womit bringen Sie bie Zeit zu? Wann geht bie Briefpoſt von hier ab? Bin ich auf ben Ball eingelaben (invité)? Soll ich ihren Bitten (prières) nachgeben? Das hängt nicht von mir ab. Ich mache Ihnen nach. Morgen reiſen wir ab. Sie können heute abreiſen. Sie unterhalten bas Feuer nicht gut. Iſt er bavon überzeugt?

II. Que préférez-vous? Ouvrez la porte, fermez la fenêtre. Descendons de voiture. Sortons. Nous pouvons partir. Faites enregistrer vos malles (Koffer). Allumez la bougie[19], r. 43. Pourquoi tournez-vous la tête ? Comment prononcez-vous cela ? Préférez-vous ce livre ? Je vous l'offre. Il nous invite au bal. Je veux m'habiller; habillez-vous aussi. Laissez-moi cacheter ces lettres. Avec quoi les cachetez-vous? Cachetez aussi ce paquet[69]. Quand partez-vous pour Paris ? Le temps s'éclaircit. Je ne surfais jamais. Il surpasse son maître.

32ᵉ LEÇON. — **La particule de l'infinitif,** ju.

1. L'infinitif, quand il dépend d'un mot autre qu'un *auxiliaire* (voy. p. 44), doit être précédé de ju :

Je compte voyager,	ich gedenke zu reisen.
Il désire vous voir,	er wünscht Sie zu sehen.

2. En français on donne souvent le même emploi aux particules *de* ou *à*. Dans ce cas ju les traduit :

Je vous promets de venir,	ich verspreche Ihnen zu kommen.
Il est temps de parler,	es ist Zeit zu sprechen.
Qu'avez-vous à faire ?	was haben Sie zu thun ?
Cela est à désirer,	das ist zu wünschen.
C'est facile à comprendre,	es ist leicht zu verstehen.
Il commence à pleuvoir,	es fängt an zu regnen.

3. L'infinitif régi par ohne (sans), statt, anstatt (au lieu), doit être, suivant la règle, précédé de ju :

Il part sans payer,	er reist ab, ohne zu zahlen.
Elle brode au lieu d'écrire,	sie stickt, anstatt zu schreiben.

4. *Pour, afin de*, devant un verbe se rendent par um, et l'infinitif doit être également précédé de ju :

Il faut semer pour récolter,	man muß säen, um zu ernten.

5. ju ne doit être séparé de l'infinitif par aucun mot; il se met après les dépendances de celui-ci :

J'ai envie de tout dire,	ich habe Lust alles zu sagen.
Il est temps d'appeler le médecin,	es ist Zeit den Arzt zu rufen.
Il paraît avoir bien dormi,	er scheint gut geschlafen zu haben.
Il me faut un couteau pour tailler mon crayon,	ich brauche ein Messer, um meinen Bleistift zu schneiden.
Il part sans dire un mot,	ohne ein Wort zu sagen.

Place de ju dans les verbes composés.

6. Même les particules combinées, quand elles sont *séparables* (voy. p. 91, 92), se mettent avant ju :

Nous sommes prêts à partir,	wir sind bereit abzureisen.
J'espère revenir bientôt,	ich hoffe bald zurückzukommen.

7. Mais si elles sont *inséparables* (p. 93), ju se met avant :

La chose est à examiner,	die Sache ist zu überlegen.

L'infinitif pris comme nom.

9. On prend souvent l'infinitif comme nom en le faisant précéder de l'article défini das (voy. p. 58) :

Il aime vivre (*le vivre*, la vie), er liebt das Leben.
Vous êtes indigne de vivre, Sie sind des Lebens unwürdig.

Dans ce cas, on use devant l'infinitif des mêmes prépositions que devant les noms :

Voici de la soie pour (à) broder, hier ist Seide zum Sticken.
C'est fait pour étonner, es ist zum Erstaunen.

Le participe présent, précédé de *en*, se tourne souvent par l'infinitif-nom, précédé de bei :

On apprend en enseignant (par l'enseigner), beim Lehren lernt man.
Nous payerons en partant, wir werden beim Fortgehen bezahlen.

VOCABULAIRE. — *Verbes et locutions régissant l'infinitif avec* zu.

J'ai le courage, ich habe den Muth.   C'est à moi (de), es ist an mir.
J'ai l'intention, ich habe die Absicht.   J'ai besoin (de), ich brauche.
Je suis en état, ich bin im Stande.   J'ai l'honneur, ich habe die Ehre.

parvenir, bekommen; prétendre, behaupten; disposé, gesonnen.

EXERCICES.

I. Es fängt an spät zu werden. Ich hoffe Sie bald wieder zu sehen. Es ist an mir zu sprechen. Dieses Buch ist zu lesen. Ich habe zu (de quoi) leben. Anstatt zu spielen arbeitet er. Es ist ein gutes Mittel[50] reich zu werden. Was ist da zu thun? Ich bekomme Sie nie zu sehen. Der Maler kommt, um Ihr Porträt zu machen. Hat sein Vater die Absicht aufs Land zu gehen? Er behauptet geantwortet zu haben. Es ist Zeit aufzustehen. Machen Sie das Essen. Er geht aus, ohne mich zu hören. Ich fürchte[13] zu spät zu kommen. Wir sind nicht reich genug, um dieses Haus zu kaufen.

II. Ces gens-là sont bien à plaindre. Avez-vous des chambres à louer (vermiethen)? Donnez-moi à boire. J'ai l'honneur de vous remercier. Il est temps d'aller se coucher[45] (ou *d'aller au lit*). Je crains d'arriver trop tard. Quel habit désirez-vous mettre (anziehen)? Quand comptez-vous partir? Je suis disposé à l'écouter. Il n'y a pas de temps à perdre. Il nous est impossible d'écrire cette lettre. Avez-vous l'intention d'aller au théâtre? J'ai envie d'y aller avec vous. C'est à lui de commander. Est-il en état de le faire? A-t-elle de quoi vivre? Avez-vous quelque chose à me dire? Il pleut trop fort pour sortir. Nous sommes prêts à vous suivre[41]. A-t-il le temps[33] d'écrire? C'est à désirer.

Récapitulation du 3ᵉ chapitre.

I. CAS GOUVERNÉS PAR LES PRÉPOSITIONS.

Toujours le datif.		Datif et accusatif.		Toujours l'accusatif.	
aus,	de.	an,	à.	durch,	à travers.
außer,	hors de.	auf,	sur.	für,	pour.
bei,	près de.	hinter,	derrière.	gegen,	envers.
bei,	chez.	in,	dans.	gegen,	contre.
mit,	avec.	neben,	à côté de.	ohne,	sans.
nach,	d'après.	über,	au-dessus de.	über,	(au sujet de).
nach,	à, vers.	unter,	sous, entre.	um,	pour.
von,	de.	vor,	devant.	um,	autour de.
zu,	à.	zwischen,	entre (deux).	wider,	contre.

Prépositions apparentes, 1° gouvernant le génitif :

(Celles marquées * suivent ou peuvent suivre leur régime.)

halber *, à cause de.
halb (en combinai- son, außerhalb, etc.)
kraft, en vertu de.
laut, aux termes de.

statt, anstatt, au lieu de.
seits et ses combinés, diesseits, etc.
trotz, en dépit de.

ungeachtet *, malgré.
vermittelst, au moyen.
vermöge, en vertu.
wegen *, à cause de.
zufolge, par suite.

2° gouvernant le datif :

entgegen *, au-devant de.
gegenüber *, vis-à-vis.

längs, le long de ; nahe *, près de.
zuwider *, à l'encontre de.

Une seule veut l'accusatif : entlang *, le long de.

II. TRADUCTION DES PARTICULES EN ET Y (p. 38, 43 et 91).

EN signifie tantôt *de cela* et tantôt *de là*.

Y signifie tantôt *à cela* et tantôt *là*.

On les traduit en conséquence soit par une combinaison de das avec des prépositions, damit, darauf, etc., soit par les mots da, hier, s'il y a *situation*, ou her, hin (combinés avec des prépositions), s'il y a *direction* :

I.	Qu'en pensez-vous (de cela) ?	was denken Sie davon ?
	Y pensez-vous (à cela) ?	denken Sie daran ?
	Que puis-je en faire (avec cela) ?	was kann ich damit machen ?
	Donnez-y vos soins (pour cela),	tragen Sie dafür Sorge.
	J'y veillerai (sur cela),	ich werde darauf sehen.
II.	Retirez-en (de là) une carte,	ziehen Sie eine Karte heraus.
	Elle y est (là),	sie befindet sich da.
	Allez-y (là),	gehen Sie hin.
	(Je suis en haut) venez-y,	kommen Sie herauf.
	(Je suis en bas) venez-y,	kommen Sie herunter.

Exercices récapitulatifs.

I. Exemples pour montrer quel choix il faut faire des prépositions et des adverbes de lieu. — Compléter la traduction :

A. Où est le livre ? wo... ? est-il sur (auf) la table ou dessous ? barun-ter ? — B. Il est dessus, barauf. — A. Mettez-y aussi celui-ci, hinauf, et laissons les autres en bas, unten.

A. Mon habit est-il dans (in) cette malle[93] ? — B. Non, il n'y est pas, barin. — A. Dans quoi est-il ? worin... ? — B. Il est là dedans, ba brin (ou barinnen). — A. Otez (prenez)-le de là, heraus, et mettez-le là dedans, ba hinein.

A. Jean, d'où venez-vous ? woher (et non wovon). — B. Je viens d'en bas, von unten. — A. Pourquoi montez-vous là-haut, hinauf ? Que faites-vous là-haut, ba oben ? — B. Je regarde (vois) en bas, hinunter. — A. Voit-on quelque chose de là-haut ? von bort oben ? — B. Oui, il passe (coule) un grand fleuve au bas (am Fuße) de la montagne et une cascade (Wasserfall) en descend, hinab. — A. Descendez-en aussi, herab.

II. Phrases à expliquer et à traduire mot à mot :

Le feu s'éteint,	das Feuer geht aus.
Mettez-y du charbon,	legen Sie Kohlen (f. pl.) barauf.
Je viens de la part de M. X.	ich komme von Herrn X.
Cette lettre de change est payable à vue,	der Wechsel ist zahlbar nach Sicht.
Je vais vous la payer en billets de banque,	ich bezahle ihn Ihnen gleich in (ou mit) Banknoten.
L'endossement y est-il ?	ist das Indossement barauf ?
Elle est à mon ordre,	es ist auf meine Ordre indossirt.
Il met pied à terre,	er steigt herunter.
Par quelle voiture puis-je aller d'ici à Metz ?	mit welchem Wagen kann ich von hier nach Metz fahren ?
Vous pouvez aller jusqu'à Metz par le chemin de fer,	Sie können auf (ou mit) der Eisenbahn bis nach Metz fahren.
Cela saute aux yeux,	das fällt in die Augen.
Il a mal à la gorge,	er fühlt Schmerzen im Halse.
L'armée a soif de la guerre,	die Armee dürstet nach Krieg.
Il n'existe aucun sujet de guerre,	es ist kein Grund zum Kriege.
Il sent l'ail,	er riecht nach Knoblauch.
Je m'en prendrai à vous,	ich werde mich an Sie halten.
La pluie tombe à torrents,	der Regen stürzt in Strömen herab.
Il n'en veut pas démordre,	er bleibt babei.
Passe ! soit ! Je le veux bien,	Es mag babei bleiben.

6

Récapitulation du 8° chapitre (*suite*).

III. COMBINAISONS DE PARTICULES AVEC LES VERBES.

1° Les particules suivantes s'adaptent aux infinitifs et aux participes ; mais quand le verbe veut ses dépendances après lui (p. 35), elles se *séparent* et vont se mettre tout à fait à la fin de la phrase :

ab, an, auf, bei, bar, ein, fort, heim, her, hin, inne, mit, nach, vor, weg, wieder, zu.

Et les composés de vor : voraus, vorüber, vorbei ; ceux de zu . zurück, zusammen, et tous ceux de her ou hin : herab, hinab, heraus, hinaus, heran, etc.

2° Les suivantes sont *inséparables* :

hinter, wider, voll.

3° Les suivantes tantôt *séparables*, tantôt *non* :

durch, um, über, unter.

Nota. Quand elles sont inséparables, les particules excluent, comme de véritables préfixes, le ge du participe passé, et perdent l'accent.

———

Les prépositions se combinent aussi avec des noms et des adjectifs. Elles ont aussi, dans ce cas, un sens adverbial :

Umstände, circonstances, cérémonies (ce qui est autour).
Gegenstände, objets (ce qu'on a en vue).
Gegensatz, contraste (ce qui est mis en regard, à l'opposé).
Uebergewicht, excédant de poids (poids en sus).
Ueberfahrt, traversée (passage d'un bord à l'autre, au delà).
Eingang, entrée (allée dedans).
Unterschrift, signature (ce qui est écrit au-dessous).
überflüssig, surabondant, superflu (qui coule par dessus).
unterthänig, humble, soumis (qui se met au-dessous).
abwesend, absent.

———

Les particules ont un rôle si prépondérant dans les combinaisons que souvent elles suffisent pour tenir lieu de verbes :

Sortez, hinaus ; entrez, herein ; allons, debout, auf.
La porte est ouverte, fermée, die Thüre ist auf, ist zu.
Le feu est éteint, das Feuer ist aus (gegangen).
L'hiver est passé, der Winter ist vorüber, ou vorbei

Exercices récapitulatifs (suite).

Phrases à expliquer et à traduire mot à mot :

Cette route de traverse à droite conduit au village,	Dieſer Nebenweg zur Rechten führt nach dem Dorfe.
Nous irons coucher à Ulm,	Wir werden die Nacht in Ulm zubringen.
Je suis transporté de colère,	Ich bin vor Zorn außer mir.
Le roi a convoqué aujourd'hui les ministres,	Der König hat heute die Miniſter zuſammenberufen.
Voici une montée bien raide,	Hier iſt eine ſehr ſteile Auffahrt.
Est-ce ici l'entrée de la salle d'attente ?	Iſt hier der Eingang in's (ou zum) Wartezimmer ?
Je n'ai pas envie de l'accompagner en pays étranger,	Ich habe keine Luſt ihn in das Ausland zu begleiten.
Je suis porteur d'une lettre de change,	Ich bin Ueberbringer eines Wechſels.
L'année touche à sa fin,	Das Jahr geht zu Ende.
Qu'est devenue ma montre ?	Was iſt aus (ou mit) meiner Uhr geworden ?
Il n'y a plus à revenir,	Es iſt darauf nicht mehr zurückzukommen.
Je serai soutenu par lui,	Ich ſoll von ihm unterſtützt werden.
Il m'assure de son appui,	Er verſichert mich ſeines Beiſtandes.
Mettez la nappe,	Legen Sie das Tiſchtuch auf.
Le déjeuner est servi,	Das Frühſtück iſt aufgetragen.
Défaites le paquet,	Machen Sie dieſes Packet auf.
Enfin le voilà parti,	Endlich iſt er fort (ou weg).
Cela lui attire la haine de chacun,	Dies zieht ihm Jedermanns Haß zu.
Est-il de retour d'Amérique?	Iſt er aus Amerika zurück ?
C'en est fini,	Es iſt aus damit.
Faites avancer une voiture,	Laſſen Sie einen Wagen vorfahren.
Cela ne me regarde pas,	Das geht mich nichts an.
Ne repoussez pas ma prière,	Schlagen Sie mir meine Bitte nicht ab.
La bouteille est débouchée,	Die Flaſche iſt auf.
Cela dépend des circonstances,	Das hängt von den Umſtänden ab.
Comment cela finira-t-il ?	Wohin wird das uns führen ?
Ces souliers sont trop étroits. Je ne puis marcher avec. Mon pied n'y entre pas,	Dieſe Schuhe ſind zu eng. Ich kann nicht darin gehen. Ich bringe den Fuß nicht hinein.

CHAPITRE IV.

LES QUANTITÉS, MESURES ET COMPARAISONS.

—

33ᵉ LEÇON. — **Les nombres.**

Unités.	Dizaines.	Assemblages d'unités et de dizaines.	
1, eins.	10, zehn.	11, elf.	21, ein und zwanzig.
2, zwei.	20, zwanzig.	12, zwölf.	22, zwei und zwanzig.
3, drei.	30, dreißig.	13, dreizehn.	23, drei und zwanzig.
4, vier.	40, vierzig.	14, vierzehn.	24, vier und zwanzig.
5, fünf.	50, fünfzig.	15, fünfzehn.	et ainsi de suite.
6, sechs.	60, sechzig.	16, sechzehn.	
7, sieben.	70, siebzig.	17, siebzehn.	
8, acht.	80, achtzig,	18, achtzehn.	100, hundert.
9, neun.	90, neunzig.	19, neunzehn.	1000, tausend.

Pour *million*, on dit Million (nom fém. qui se décline, voy. p. 102).
Pour *milliard*, tausend Millionen (ou Milliarde, voy. p. 102).

1. Les unités s'énoncent avant les dizaines.

2. Les unités et les dizaines, après les centaines.

3. Les centaines et les mille, comme en français :

    36 (six et trente), sechs und dreißig.
    136 (cent six et trente), hundert sechs und dreißig.
    502 (cinq cent et deux), fünfhundert (und) zwei.
    3,200 (trois mille deux cents), dreitausend zweihundert.
    607,004 sechshundert sieben tausend (und) vier.
mil huit cent..., ou dix-huit cent..., tausend achthundert ; achtzehnhundert.

Rem. On peut grouper les cent et les mille avec le nombre qui indique combien il y en a.

4. Eins n'est pas un nombre. C'est le pronom einer pris dans sa forme abstraite, par conséquent au neutre. S'il se rapporte à un nom, il s'accorde avec lui (p. 54).

5. Le nom qui suit ein, quand ein est précédé de und, se met quelquefois au singulier :

    Les mille et une nuits, die tausend und eine Nacht.

6. Eins, dès qu'il est suivi d'un nombre perd son s final et devient invariable :

    Avec quarante et une voix, mit ein und vierzig Stimmen.

7. Les nombres, sauf zwei et drei, sont indéclinables :

Ils ont décidé cela à cinq, fie haben bas zu fünf beschloffen.

8. Il en est de même de zwei et drei, tant qu'ils sont accompagnés d'un déterminatif indiquant les cas :

La hauteur de ces deux étages, bie Höhe biefer zwei Stodwerfe.
Ceci appartient à vous trois, biefes gehört Ihnen brei.

9. Sinon, zwei et drei prennent les formes déterminatives (p. 74) au génitif : zweier, breier, et au datif : zweien, breien.

Ils ont décidé cela à trois, zu breien.
La hauteur de deux étages, bie Höhe zweier Stodwerfe.

10. Pour indiquer le génitif et le datif des autres nombres en pareil cas, on use de von et zu :

La hauteur de cinq étages, bie Höhe von fünf Stodwerfen.

11. Les nombres ne sont pas des articles. Ils n'ont point d'influence sur la déclinaison de l'adjectif (p. 74) :

De quatre bons chevaux, vier guter (et non guten) Pferbe.

12. *Les deux*, quand il s'agit de choses qui vont par deux, se rend par beibe (article pluriel qui se décline) :

Les deux mains, beibe Hände; avec les deux mains, mit beiben Händen.

VOCABULAIRE. — *Pour cent (per cent ou procent).*

Cela rapporte 30 pour 100, bas bringt breißig Procent (30 %).
Il prête à 6 pour 100, er leiht zu fechs Procent.

EXERCICES.

I. Er hat mir taufenb Beweife (preuves) feiner Freundfchaft gegeben. Sie haben zwei Zimmer zu vermiethen; ich nehme beibe. Diefe Brücke hat neun Bogen (arches). Man braucht ein und vierzig Tage zu biefer Reife (voyage). Das gehört Ihnen fechs. Zwei und fünf macht (ou machen) fieben. Acht und eins macht neun. Das Königreich Bayern (Bavière) hat eine Bevölferung (population) von vier Millionen achthundert und breißig taufend fechshundert und fechs Seelen (âmes).

II. La ville de Vienne a 607,500 habitants (Einwohner). Nous avons perdu dans cette bataille 1,376 soldats, 194 chevaux et 1 canon (Kanon). Le mois de mai a trente et un jours. Ce fermier (Pächter) a 12 vaches, 124 brebis et 36 poules. J'ai 4 chambres à louer. Un et deux font trois. Il y a à Berlin une population de 750,000 âmes. Il n'y a que quarante et une plumes dans cette boîte (Schachtel, fém.). Mes trois frères viendront avec moi. Mes deux frères sont à Ulm. Dresde a 156,000 habitants, Breslau 186,000, Leipzig 91,000, Brême (Bremen), ville de commerce ², sur le Weser, 80,000, Hambourg 270,000, Munich (München) 180,000, Cologne (Köln), 122,000, Kiel seulement 19,500.

e.

34e LEÇON. — **Les noms de mesure.**

Masculins.	Neutres.	Féminins.
Zoll, pouce.	Loth, demi-once.	Elle, aune.
Fuß, Schuh, pied.	Pfund, livre.	Ruthe, verge.
Scheffel, boisseau.	Malter, muid.	Stunde, lieue.
Centner, quintal.	Maß, mesure.	Meile, mille.
Schoppen, chopine.	Buch, main.	Kanne, pinte.
Eimer, eimer.	Rieß, rame.	Metze, setier.

Ces mesures, dont nous indiquerons la valeur par un tableau synoptique dans la deuxième partie, ont été remplacées dans l'empire d'Allemagne par le système métrique :

der Meter, le mètre; der Liter, le litre; das Gramm, le gramme, etc

Il faut assimiler aux mesures les noms collectifs ou partitifs qui servent à grouper ou diviser les nombres. Ceux-là, sauf Million et Milliarde, sont tous neutres :

das Paar, la paire.	das Hundert, le cent.	das Drittel, le tiers.
das Dutzend, la douzaine.	das Tausend, le mille.	das Viertel, le quart.

1. Les noms de mesure, quand ils sont masculins ou neutres, ne prennent pas la marque du pluriel après un nombre, bien que la plupart, tels que Fuß, Schuh, Buch, etc., soient des noms susceptibles de pluriel quand ils sont pris dans leur sens propre de *pied, soulier, livre*, etc. :

Cinq pieds six pouces,	fünf Schuh sechs Zoll.
Quatre mains de papier,	vier Buch Papier.
Dix livres de café,	zehn Pfund Kaffee.

2. Il en est ainsi de Mann (homme) servant à mesurer les forces militaires :

Une compagnie de 80 hommes, eine Compagnie von 80 Mann.

3. Et parfois de Jahr (an) pris pour mesurer l'âge :

J'ai douze ans, ich bin zwölf Jahr(e alt).

4. Uhr (horloge), quoique féminin, devient invariable dans le sens de *heure* (mesure du temps) :

une heure, deux heures, ein Uhr, zwei Uhr.

5. Par exception, les noms de mesures *monétaires*, tous masculins, prennent le pluriel suivant les règles, s'ils ne finissent pas en er ou en en (voy. p. 67, r. 13) :

Thaler, thaler; Gulden, florin; Franke, franc (plur. Franken); Pfennig, denier (plur. Pfennige); Groschen, gros; Kreutzer, kreutzer.

Il me reste 3 deniers, es bleiben mir 3 Pfennige übrig (de reste).

DE *après un nom de mesure.*

6. Le *de* qui suit un nom de mesure, s'il n'est pas lui-même suivi d'un article, ne se traduit pas (p. 82) :

Trois millions d'électeurs, drei Millionen Wähler.
Quatre aunes de drap, vier Ellen Tuch.

DE *avant un nom de mesure.*

7. *De* entre un adjectif et un nom de mesure se traduit par l'accusatif de ce nom :

Agé d'un mois (un mois âgé), einen Monat alt.
Large d'un pied (un pied large), einen Fuß breit.
Long de six pieds (six pieds long), sechs Fuß lang.
Cela vaut un franc, das ist einen Franken werth.

VOCABULAIRE. — *Mesures et monnaies.*

Mesure, Maß, *n.*; poids, Gewicht, *n.*; monnaies, Münzen, *fém. plur.*
Pièce de monnaie, Geldstück; pièce de cinq francs, Fünffranken-Stück.
Changer (une pièce), auswechseln; rendre (sur), herausgeben.
Coûter, kosten; mesurer, messen; surfaire, überfordern.
Quel âge a-t-il? wie alt ist er? Quelle taille? wie groß?
Quelle est la largeur, la longueur de cela? wie breit, wie lang ist das?
De quelle hauteur est cette maison? wie hoch ist dies Haus?

EXERCICES.

I. Wie viel Geld bleibt Ihnen übrig? Es bleiben mir nur drei Thaler übrig? Wie hoch ist Ihr Haus? Es ist beinahe dreißig Fuß hoch. Wie alt sind Sie? Ich bin gerade[11] zwanzig Jahr. Wie alt ist Ihre Schwester? Sie ist elf Jahr vorbei[98]. Das Bureau ist nur zwei Schritt[78] von hier. Wir haben schon vierzehn Kilometer gemacht. Ich habe schon drei Paar Schuhe gekauft. Wie viel Stunden rechnet man von hier nach Metz? Hier sind zwei Banknoten[97], jede zu fünf-hundert Franken. Ist das etwas werth?

II. Vous reste-t-il un ou deux thalers? Combien coûte cette bague (Ring, *m.*). Je vous la laisserai à (pour) 15 francs. J'ai commencé à peindre à (mit) seize ans. Mon père a acheté vingt-trois livres de sucre. Cette table lui coûte vingt-deux florins. Les enfants ne payent pas au-dessous (unter) de quatre ans. Je ne lui donnerai pas mon cheval au-dessous de mille six cent quinze francs. Je désire trois aunes de toile (Leinwand) pour chemises. Cette maison est haute presque de 30 pieds. Avez-vous déjà quinze ans? Non, je n'en ai que treize. Quel âge a votre ami? Il a onze ans passés (vorbei). Que vaut cela? Cela vaut à peine trois gros.

35ᵉ LEÇON. — **Les partitifs**.

On appelle *partitifs* des mots qui, sans préciser les quantités, les partagent, les séparent ou les groupent.

I. PARTITIFS INVARIABLES.

1. On ne traduit pas le *de* qui suit en français les partitifs invariables *beaucoup, peu, assez, trop, combien*, etc.

§ 1. viel, *beaucoup;* wenig, *peu.*

2. Viel et wenig ne se déclinent pas au singulier. Au pluriel, ils peuvent (surtout viel) prendre le signe e :

Ils ont beaucoup d'argent,	fie haben viel Gelb.
J'ai peu de bagage,	ich habe wenig Gepäck.
Il a beaucoup d'amis,	er hat viele Freunde.
Je n'ai que peu de livres,	ich habe nur wenig(e) Bücher.

3. *Un peu* se dit ein wenig; *guère,* nur wenig, nicht viel :

Un peu de pain,	ein wenig Brod.
Vous n'avez guère de vin,	Sie haben nur wenig Wein.

§ 2. zu viel, *trop;* zu wenig, *trop peu.*

4. Nous savons (p. 34) que zu, *trop,* ne s'emploie jamais isolément; pour lui donner un sens partitif, pour qu'il signifie « une trop grande quantité », il faut ajouter viel; de même qu'on ajoute wenig pour dire *trop peu :*

J'ai trop de bonheur *(trop beaucoup),* zu viel Glück.

§ 3. Wie viel, *combien;* wie wenig, *combien peu.*

5. Pour *combien* on se sert également de viel après wie, et non pas de wie isolément (voy. p. 34) :

Combien de gages *(combien beaucoup)* ? wie viel Lohn ? (sing.)
Combien de gens ? wie viel Leute ?
Combien de fois ? wie viel mal (ou wie oft) ?

§ 4. etwas, *quelque chose;* nichts, *rien;* genug, *assez.*

6. Nous connaissons ces trois partitifs invariables (voy. p. 34); etwas prend parfois le sens de *quelque peu, quelque :*

J'entends quelque bruit, ich höre etwas Geräusch.

L'adjectif après un partitif.

7. L'adjectif qui suit les partitifs invariables prend na-
turellement les formes déterminatives er, es, e, qu'il doit
avoir quand il n'est précédé d'aucun mot marquant les
cas (voy. p. 60 et 74) :

Il reste peu de bon vin,	wenig guter Wein.
Avec quelque peu d'eau fraîche,	mit etwas frischem Waſſer.

DE *entre un partitif et un adjectif.*

8. Entre un partitif et un adjectif, *de* ne se traduit pas

Quelque chose de bon,	etwas Gutes.
N'y a-t-il rien de nouveau ?	gibt es nichts Neues?
Il lui a fait beaucoup de mal,	er hat ihm viel Böſes gethan,
J'ai deux mouchoirs de bons et beaucoup de mauvais,	ich habe zwei gute Schnupftücher und viele schlechte.

VOCABULAIRE. — *Locutions partitives.*

Une (grande) quantité de rubans,	eine (große) Menge Bänder.
Il allègue une foule de raisons,	er bringt eine Menge Gründe vor.
Au nombre de ses amis,	unter die Zahl ſeiner Freunde.
Beaucoup trop, viel zu viel;	c'en est trop, das geht zu weit.
A beaucoup près, bei weitem nicht;	beaucoup de monde, viele Leute.

EXERCICES.

I. Ich bin bei weitem nicht damit zufrieden. Das geschieht vielen
Leuten. Viel Geräusch für nichts. Wie viel Brüder haben Sie? Es
iſt nichts Beſonderes (particulier, curieux) daran. Geben Sie
uns etwas Warmes. Das iſt etwas Geschmackloſes (hideux, sans
goût). Wir haben zu wenig Zeit. Mit viel Vermögen kann man
viel Gutes oder viel Böſes thun. Er hat viel Gepäck. Es bleiben
mir nicht viele Federn übrig. Gibt es viel Gelehrte in Frankreich?
Sie geben ihm zu wenig Lohn. Sie erweiſen (faites) mir zu viel
Ehre. Ich habe Ihnen viel Mühe gemacht (causé). Geben Sie dem
Herrn etwas Brod.

II. Vous me faites beaucoup d'honneur. Vous avez un peu de fièvre.
Il y a déjà beaucoup de monde au théâtre. Vous dépensez (verbrauchen)
beaucoup d'argent. Combien vous reste-t-il de plumes? Combien voulez-vous de gages? Combien compte-t-on de lieues d'ici à Ulm. Cette
femme a-t-elle beaucoup d'enfants? Avez-vous beaucoup de bagage?
Non, j'ai peu de grandes malles, mais beaucoup de petites. Qu'y a-t-il
de nouveau? Il n'y a rien de nouveau. Servez-nous quelque chose de
chaud. Je n'ai rien de prêt. Il nous a fait beaucoup de bien.

36ᵉ LEÇON. — **Les partitifs** (*suite*).

II. PARTITIFS DÉCLINABLES.

§ 1. *Quelques, plusieurs, divers, maint.*

1. Au pluriel *quelques* se dit einige (plur. de einig) :

Avez-vous quelques commissions pour Metz ? einige Aufträge für Metz ?
J'ai quelques affaires à finir, einige Geschäfte zu beendigen.
   (On dit aussi, mais bien plus rarement, etliche, etwelche).

2. Au singulier, einiger, es, e, n'est guère employé :

Il a quelque fortune, er hat einiges Vermögen.
En quelque sorte, einigermaßen.

On le remplace par diverses locutions : 1° (irgend) ein :

C'est quelque chien, ein Hund ; quelque sot, irgend ein Narr.

2° (irgend) etwas (voir leçon précédente), ou comme suit :

Quelque chose, quelque peu, etwas ; quelqu'un, Jemand, Einer.
Quelquefois, bisweilen, etc. (p. 11) ; quelque jour, einst, eines Tages.
Quelque part, irgendwo (et s'il y a mouvement, irgendwohin).

3. *Plusieurs* se dit mehr(er)e ; *divers*, verschiedene ; *maint*, mancher, es, e ; pluriel, manche.

§ 2. *Tout* (all, aller, es, e).

4. Aller, es, e n'est jamais suivi de l'article défini :

Tous les animaux (tous animaux),   alle Thiere.
Il boit tout le vin (tout vin),   er trinkt allen Wein.
Il y a tout ce qu'il faut, tout le nécessaire, es ist alles Nöthige da.

5. Suivi d'un autre article, tel que dieser, sein, etc., aller, es, e perd toute terminaison (all) :

Il mange tout son argent,   er verzehrt all sein Geld.
Avec toute cette fortune,   mit all diesem Vermögen.
Ce sont là tous mes amis,   es sind all meine Freunde.

6. Avec le pronom personnel, all se décline :

Ils sont tous mes amis,   sie sind alle meine Freunde.
Tous sont vivants,   sie alle leben (ou sie leben alle).

7. Pris, d'une manière absolue, all se met au neutre :

Ce n'est pas le tout,   das ist nicht alles.
Pour tout au monde,   für alles auf der Welt.
Envoyez-moi tout, le tout, tout cela, schicken Sie mir (das) alles.
On s'accoutume à tout,   man gewöhnt sich an alles.
Le tout est de bien finir,   alles kommt darauf an, gut zu enden.

§ 3. *Tout, chaque* (jeder); *entier* (ganz).

8. *Tout* au sing., signifiant *chaque*, se dit jeder, es, e :

Toute peine veut être récompensée, jede Mühe will belohnt sein.

9. Jeder est quelquefois précédé de ein (*un chacun*) :

A chacun le sien, einem jeden das Seine.

10. Tout, signifiant *entier, entièrement,* se dit ganz :

Toute la maison (la maison entière), das ganze Haus.
Donnez-moi toute la somme, die ganze Summe.
Je suis tout à vous, tout dévoué, ganz der Ihrige, ganz ergeben.
Que demandez-vous du tout ? wie viel verlangen Sie für das Ganze?

Déclinaison de l'adjectif après ces partitifs.

11. Après alle, einige, mehrere et autres partitifs pluriels (y compris le négatif keine, aucuns) l'adjectif suit plutôt la déclinaison déterminative (plur. e, p. 74) :

Il a quelques petites dettes, einige kleine (ou kleinen) Schulden.

VOCABULAIRE. — einig, all.

Comme attributs de verbe, einig signifie *d'accord,* et all signifie *consommé, dissipé :*

Wir sind einig (geworden), nous sommes (tombés) d'accord.
Mein Geld ist all (ou fort), je n'ai plus d'argent.

EXERCICES.

I. Jeder hat seine Fehler (défauts, fautes). Darin sind sie alle einig. Wozu verwenden (employez) Sie all Ihre Zeit? Jeder für sich und Gott für alle. Man kann nicht immer an alles denken. Jeder ist vom Gegentheil überzeugt. Wir sind alle eingeladen. Sie sagen alle dasselbe. Er will mit aller Gewalt[88] reden. Die Hülfe kommt von allen Seiten. Er durchreis't ganz Deutschland. Sie hat nur einige Bücher. Sind wir einig? Dieses Schiff hat schon mehrere Reisen gemacht. Bezahlen die Kinder den ganzen Platz? Er wird das eines Tages thun. Können Sie alle Arten Backwerk (pâtisserie) machen?

II. Apportez-nous quelques assiettes. Tous les hommes (Menschen) sont frères. Il n'a fait que quelques fautes. Tout homme doit obéir à la loi (Gesetze). Tout ou rien. Portez cela tout doucement (leise). Elle est toute malade. Vous reste-t-il quelque espoir ? Tout mon travail est perdu. Il a quelques bons amis. Ils sont tout tristes. Je les connais tous. Chacun a reçu sa part (Theil, masc.). Tous les parents (Eltern) aiment leurs enfants. Vous êtes tous coupables. Il n'a fait que quelques petits tableaux.

37ᵉ LEÇON. — **Les partitifs** (*suite*).

III. DE et EN partitifs.

1. Nous savons que DE, lorsqu'il a un sens partitif, ne se traduit pas. Nous en avons vu l'application :

1° A propos de l'article *du, de la, des* (p. 15 et 55) :

C'est du pain, es ift Brob ; j'ai des chevaux, ich habe Pferbe.

2° Après les noms partitifs (on appelle ainsi les noms indiquant une quantité, une portion, une mesure, p. 82) :

Un verre de vin,	ein Glas Wein.
Trois millions d'hommes,	brei Millionen Menschen.

3° Après les pronoms partitifs viel, wenig, etc. (v. p. 104) :

Beaucoup de légumes, viel Gemüse (sing.).

2. Mais DE doit s'exprimer quand il est suivi, soit d'un article (démonstratif ou possessif), soit d'un pronom. Dans ce cas, on le traduit par von, aus ou unter :

Donnez-moi de ce vin,	geben Sie mir von biesem Wein.
Un verre de cette bière,	ein Glas von biesem Bier.
Un morceau de votre pain,	ein Stück von Ihrem Brobe.
Trois millions de ces hommes,	brei Millionen von biesen Menschen.
Un régiment de ces uhlans,	ein Regiment von biesen Uhlanen.
Quatre d'entre eux,	vier von ihnen.

3. On peut le traduire aussi par le génitif, mais seulement après les pronoms partitifs :

L'un de nous,	einer von uns.
Beaucoup de ces soldats,	viele bieser Solbaten.

4. Ce sont ces règles qu'on applique pour la traduction du mot EN, quand il signifie *de cela*. On le rend ou par le génitif de bas : beffen (et s'il s'agit de plusieurs choses, beren), ou par von : bavon (pour von bas, p. 42) :

Donnez-moi (de cela),	geben Sie mir bavon (ou beffen).
J'en veux beaucoup,	ich wünsche beffen (ou bavon) viel.
Avez-vous des fleurs ? J'en ai une,	ich habe beren eine.

5. Mais si *en* se rapporte à des personnes, il signifie alors *d'eux, d'elles* et on le traduit par ihrer :

Des amis (Freunbe), j'en ai beaucoup, ich habe ihrer viel(e).

Le mot EN *sous-entendu.*

6. Souvent en allemand on supprime le mot *en.* C'est quand le sens est rendu assez clair par un partitif ou un adjectif :

Avez-vous des rubans ? J'en ai plusieurs,	ich habe mehrere.
En voici un, en voici d'autres,	hier ist eins, hier sind andere.
Il vous en reste de jolis,	es bleiben Ihnen hübsche.
Il vous en reste joliment,	es bleiben Ihnen noch hübsch.
Combien vous en faut-il d'aunes ?	wie viel Ellen brauchen Sie ?
Coupez-m'en trois,	schneiden Sie mir drei ab.
Il n'y en a pas d'autres,	es sind keine andere da.

7. Quand il n'y a pas de partitifs en français après *en,* on en crée un en allemand avec welcher, es, e, pris dans le sens de *quelque, quelque peu, un peu :*

Du vin (Wein);	donnez-m'en,	geben Sie mir welchen.
Du pain (Brod);	prenez-en,	nehmen Sie welches.
Des livres (Bücher);	prêtez-m'en,	leihen Sie mir welche.

EXERCICES.

I. Haben Sie Papier? Hier ist ein Bogen. Ich habe ein Heft. Ich werde anderes bringen. Leihen Sie mir zwei Bogen davon. Haben Sie damit genug? Bedürfen Sie auch Federn? Ich habe sehr gute. Ich wünsche Freimarken. Hier sind welche. Wollen Sie nicht von diesem Gemüse nehmen? Sie haben nicht von diesem Fisch gegessen. Ich will nicht von diesem heißen Wasser trinken. Hier ist kaltes. Zeigen Sie mir Leinwand[51]. Hier sind mehrere Stücke. Was kostet die Elle dieser Leinwand? Ich suche eine gute Brille (lunettes). Hier ist eine. Geben Sie mir eine von Schildpatt (écaille).

II. J'ai besoin d'une montre. En voulez-vous une d'un grand prix ou une ordinaire (gewöhnliche)? Montrez-m'en d'autres. Nous en avons un grand choix (Auswahl, fém.). N'en avez-vous point d'autres? Avez-vous des chambres à louer? J'en ai beaucoup. Je vais vous en montrer une. Une des deux me suffira (sera assez pour moi). Laquelle voulez-vous de ces deux? Aimez-vous le chocolat? J'en prends quelquefois. Avez-vous de l'eau chaude? Non, je n'en ai que de froide. Il exporte une grande quantité de marchandises[49]. Une grande quantité de mes marchandises est à l'étranger (Ausland). De ces trois chapeaux, l'un m'appartient. Il donne un morceau de pain à chacun de ses enfants. Avez-vous encore du vin? Je n'en ai plus une bouteille. Mais j'ai cinquante litres de bière. Donnez-nous-en. L'un de vous a-t-il soif? Plusieurs de mes amis sont ici.

7

38ᵉ LEÇON. — **Les comparaisons.**

I. L'ÉGALITÉ, L'IDENTITÉ, LA SIMILITUDE.

§ 1. *Aussi que, autant que, ainsi que, de même que, comme.*

1. Ces comparatifs se rendent par wie ou als, l'un et l'autre signifiant *comme*, mais wie suppose un rapprochement entre un individu et un autre, et als entre les qualités d'un même individu :

er behandelt ihn	il le traite
1° wie einen Schurken,	comme (on traiterait) un coquin.
2° als einen Schurken,	comme un coquin (qu'il est).

2. Aussi als traduit très-bien *en* (*qualité de*) :

Je vous dis cela *en* ami,	ich sage das Ihnen als Freund.

3. On peut accuser davantage la comparaison en usant du mot so (ainsi) avant wie ou als :

Il est aussi fort que moi,	er ist so stark wie ich.
Il est aussi lâche que méchant,	er ist so feig als bös(e).

4. Dans beaucoup de cas où il ne saurait y avoir deux sens, on emploie indifféremment wie ou als :

Je suis aussi bien ici que là,	so gut hier wie (ou als) da.
J'irai aussi loin que vous,	so weit wie (ou als) Sie.
Il reste aussi longtemps qu'hier,	so lange wie (ou als) gestern.

5. *Autant que* se rend par so viel ou so sehr... wie :

Je l'aime autant que vous,	so sehr wie Sie.
Il a autant d'argent qu'elle,	so viel Geld wie sie.

§ 2. *Le même que, autre que.*

6. *Que*, après le *même* ou après *autre*, se dit als :

C'est un autre que lui,	es ist ein anderer als er.
Ce livre est le même que le mien,	dasselbe als (ou wie) das meinige.

§ 3. *Pareil à, semblable à, ressembler à.*

7. *Pareil, semblable* se disent gleich, ähnlich (avec datif) :

Il est pareil à un lion,	er ist einem Löwen gleich.

8. *Ressembler*, ähnlich sehen, gleichsehen ou gleichen :

Cela ne ressemble à rien,	das sieht nichts gleich (ou das gleicht nichts)
Ils se ressemblent,	sie sehen einander ähnlich.

§ 3: *Tellement, si, tant, tel.*

9. *Si*, dans le sens de *à ce point*, se rend par fo (p. 34) :

Il est si bon, er ift fo gut. Il lit si bien, er lieft fo gut.

10. So, dans ce sens, veut toujours être suivi d'un adjectif ou d'un adverbe, exemple : *tant, tellement*, fo viel :

Il a tant d'argent, er hat fo viel Gelb.

11. De l'adverbe fo on a formé l'adjectif folch, tel :

Un tel homme, ein folcher Mann; de telles gens, folche Leute.

Solch peut être employé sans article même au singulier :

De cette façon, auf folche Art (ou Weife).

On dit aussi folch ein; folch est alors invariable :

Un si bon père (tel un bon père), folch ein guter Vater.

Dans le langage familier, on est arrivé à dire fo ein, pour folch ein; et au pluriel fo pour folche :

Un tel jeu, fo ein Spiel; de tels jeux, fo Spiele.

VOCABULAIRE. — *Locutions comparatives.*

Aussitôt, fobalb, fogleich; aussi peu, fo wenig; pas aussi, nicht fo.

Des livres tant anciens que modernes,	fowohl alte wie neue Bücher.
Une idée simple comme celle-là,	eine fo einfache Idee.
Comme à l'ordinaire, wie gewöhnlich;	comme chez vous, wie zu Haufe.
Il n'en est pas ainsi, bem ift nicht fo;	rien de tel, nichts ähnliches.
Nous sommes du même âge,	wir find von gleichem Alter.
C'est toujours la même chose,	immer baßfelbe ou bas Nämliche.

EXERCICES.

I. Ich meibe (évite) ihn fo viel als möglich. Ift Ihr Hut fo groß als ber meinige? Frühftücken (déjeunez) Sie fo früh wie ich? Ich liebe ihn fo fehr. Sie handeln als muthige Leute. Das ift fo klar wie Criftall, fo warm wie Wolle, fo weich (doux) wie Seide. Er befchäftigt fich fowohl mit Kunft als mit Politik. Sie find beide von gleicher Kraft[67]. Diefe Pferde laufen wie der Wind. Sie behandeln diefen braven Mann wie einen Dieb (voleur).

II. Il chante aussi bien que sa sœur. Faites comme moi. Il n'est pas si jeune que vous. Ils le traitent en ennemi (Feind). Je vous en donnerai autant qu'à lui. Ne soyez pas si curieux (neugierig). J'aime autant l'hiver[58] que l'été. Ils courent comme des voleurs. Ils crient comme des fous. C'est clair comme le jour. Je ne suis pas aussi savant que mon frère. Il n'est pas digne d'un tel honneur. Cela me fait autant de plaisir (Freude) qu'à vous. Regardez-moi comme un frère.

39e LEÇON. — **Les comparaisons** (*suite*).

II. LA SUPÉRIORITÉ RELATIVE, PLUS... QUE.

1. Le comparatif exprimé par *plus* se marque en allemand dans les adjectifs, participes ou adverbes en prolongeant le radical de la finale er :

langſam, lent(ement);	langſamer, plus lent(ement).
glänzend, brillant;	glänzender, plus brillant.
böſe, méchant;	böſer, plus méchant.
ſpät, tard ; früh, tôt;	ſpäter, plus tard ; früher, plus tôt.

2. En même temps on *adoucit* (voy. p. 20) les adjectifs et les adverbes qui n'ont qu'une seule syllabe :

lang, long ; länger, plus long ; oft, souvent ; öfter, plus souvent.

3. Excepté ceux en au, blau, bleu, et les suivants :

wahr, vrai ;	blaß, pâle ;	ſanft, doux ;	plump, lourd.
falſch, faux ;	klar, clair ;	froh, gai ;	rund, rond.

4. Hoch (haut) qui, en déclinaison avec un nom, se change en hoh (hoher, es, e), fait au comparatif höher.

5. Les mots suivants empruntent leurs comparatifs à d'autres radicaux :

gut, bon, bien ; wohl, bien ;	beſſer, meilleur, mieux.
viel, beaucoup ;	mehr, plus, davantage.
gern, volontiers ;	lieber [41], plutôt, de préférence.
bald, tôt, bientôt ;	eher ou früher, plus tôt.

6. mehr ne s'emploie guère que comme partitif :

J'en ai davantage,	ich habe deren mehr.
J'ai plus d'amis que lui,	ich habe mehr Freunde als er.
Je n'ai plus de chevaux,	ich habe keine Pferde mehr.

7. Précédé d'un négatif, mehr indique aussi cessation de durée, comme le mot français *plus* :

Je n'ai plus ce cheval,   ich habe dieſes Pferd nicht mehr

8. *Que*, après *plus* ou après *moins*, se rend par als :

Il est plus grand que moi,   er iſt größer als ich.

9. Les adjectifs mis au comparatif se déclinent :

Je voudrais du papier plus fin,	ich wünſche feineres Papier.
Avez-vous de meilleur vin ?	haben Sie beſſeren Wein?

L'INFÉRIORITÉ RELATIVE : *moins que.*

10. *Moins* se traduit par le comparatif de wenig
weniger (*plus peu*) ou par minder, ou par nicht so :

1° weniger s'emploie bien comme partitif :

J'ai moins d'amis, ich habe weniger Freunde.

2° minder ne se rencontre que devant des adjectifs :

Il est moins riche qu'elle, er ist minder reich als sie.

3° nicht so (*pas si*) est préférable dans ce sens :

Il est moins riche (pas si riche) qu'elle, er ist nicht so reich wie sie.

VOCABULAIRE. — *Locutions comparatives.*

Qu'y a-t-il de plus cruel (quoi est plus)? was ist grausamer?

Lieber (plus volontiers) sert à traduire : *aimer*[35] *mieux, préférer :*

J'aime mieux boire du vin, ich trinke lieber Wein.

Plus ou moins, mehr oder weniger; valoir mieux, besser sein.
Tant mieux, desto besser; tant pis, desto schlimmer.

EXERCICES.

I. Mettre au comparatif les adjectifs déjà connus (p. 16, etc.)

II. Er ist mehr oder weniger geschickt (habile); sein Bruder ist geschickter als er. Es sind mehr oder weniger nützliche Bücher. Hier sind bessere. Ich wünsche besseren Wein. Hier ist besserer. Er kann mir kein größeres Vergnügen[42] machen. Können Sie mir das nicht billiger[80] verkaufen? Gibt es längere Brücken als diese? Werden Sie geschickter sein? Sie ist älter als er. Ich frühstücke (déjeune) früher als Sie. Die Kälte ist besser als diese Nebel (brouillards). Zwei Thaler macht mehr als sieben Franken. Er befindet sich besser. Haben Sie nicht feinere Schnupftücher? Hier ist ein feineres. Man kann keinen bessern Wagen finden. Er hat weniger Bücher als mein Bruder. Man hat nie etwas Schöneres gesehen.

III. C'est un plus beau cheval que le mien. J'en ai vu de plus beaux. Je désire du papier plus fin. En voici de plus fin. Vous ne trouverez nulle part de meilleures chambres. Vous ne pouvez me rendre (leisten) un plus grand service (Dienst, m.). J'ai moins de patience[49] que vous. Mettez ce miroir plus haut. Il fait plus froid qu'en hiver. Vous êtes moins raisonnable (vernünftig) qu'un enfant. Cette fleur est moins belle que la vôtre, mais elle a plus de parfum (Wohlgeruch). Il est meilleur que nous tous. Vous marchez plus lentement que nous. Elle est moins riche que lui. Mon frère est d'un an plus âgé que moi.

40ᵉ LEÇON. — **Les comparaisons** (*suite*).

III. LE SUPERLATIF : LE PLUS.

1. La supériorité absolue exprimée par *le plus* se marque dans les adjectifs allemands en prolongeant le radical de la finale ſt :

langſam, lent;	der langſamſte, le plus lent.
böſe, méchant;	der böſeſte, le plus méchant.
gering, médiocre, mince, *fig.* ;	der geringſte, le plus mince, le moindre.

2. On met un e avant cette finale ſt quand elle s'ajoute à d, t ou th (p. 26), ou à une sifflante, ſ, z, x, ſch, etc. (p. 64) :

ſüß, doux ;	der ſüßeſte, le plus doux.
gelehrt, savant;	der Gelehrteſte, le plus savant.

3. Les mêmes mots qui *adoucissent* au comparatif (p. 112, r. 2) adoucissent aussi au superlatif :

jung, jeune;	der jüngſte, le plus jeune.

4. Peu d'adverbes font leur superlatif en ſt, sauf certains adjectifs en ig ou lich pris adverbialement :

freundlich, amical(ement);	freundlichſt, le plus amicalement.
möglich, possible ;	möglichſt, on ne peut pas plus.
eilig, pressé, en hâte;	eiligſt, en toute hâte.

5. D'autres fois on ajoute à ſt la terminaison ens :

ſpäteſtens, au plus tard;	höchſtens, tout au plus.
eheſtens, au plus tôt;	wenigſtens, au moins.

6. Généralement pour le superlatif des adverbes, on recourt à une locution complexe construite avec an (qui veut ici le datif) ou auf (qui veut l'accusatif) :

le plus amicalement, am freundlichſten, ou aufs freundlichſte.
le plus tôt, am eheſten; le plus tard, am ſpäteſten.
le plus volontiers, am liebſten ; le plus souvent, am öfteſten.

7. Les mots suivants ont un superlatif irrégulier :

gut, bon, bien;	der beſte, le meilleur;	am beſten, le mieux.
nahe, proche;	der nächſte, le plus proche;	am nächſten, le plus près.
viel, beaucoup;	die meiſten, la plupart;	am meiſten, le plus.

C'est vous qui avez le plus d'argent, Sie haben am meiſten Geld.
La plupart d'entre eux sont partis, die meiſten von ihnen ſind abgereiſt.
Cela nous fait le plus grand tort, das meiſte Unrecht.
Ce tableau est le mieux fait, dieſes Gemälde iſt am beſten gemacht.

LE MOINS.

8. *Le moins* se traduit par am wenigſten (le plus peu), ou par am minbeſten (le moins) ou ber minbeſt… :

Il est le moins prudent,   er iſt ber am wenigſten Kluge.
C'est lui qui a le moins d'amis,   er hat am wenigſten Freunbe.
Laquelle de ces routes est la moins mauvaise, bie minbeſt ſchlechte.

DE *après le superlatif.*

9. *De* se rend après les superlatifs comme après les partitifs (p. 105), ou par le génitif ou par von; quelquefois par in :

Le meilleur des hommes,   ber beſte ber Menſchen.
Le plus fort d'entre eux,   ber ſtärkſte von ihnen.
Le jour le plus long de l'année, ber längſte Tag beß Jahreß ou im Jahre.

VOCABULAIRE. — *Locutions superlatives.*

prochainement, nächſtens;   depuis très-longtemps, längſt.
pour la plupart, meiſtens;   tout récemment, unlängſt.
au moins, wenigſtens, minbeſtens;   pour le mieux, auf's beſte.
avec bonté, gütigſt [85].   s'il vous plaît, gefälligſt [85].
avec dévouement, ergebenſt [5];   très-poliment, höflichſt.
avec grand respect, gehorſamſt;   extrêmement, höchſt, äußerſt.

alles Schönſte unb Beſte, tout ce qu'il y a de plus beau et de meilleur.

EXERCICES.

I. Mettre au superlatif tous les adjectifs déjà connus.

II. Das iſt höchſt ſelten. Sein Bruber iſt wenigſtens zwanzig Jahre alt; er iſt höchſtens fünf unb zwanzig. Ich wünſche von Allem bas beſte. Dieſes Haus iſt bas älteſte. Er läuft möglichſt ſchnell. Er kommt eiligſt an. Ich habe ihn unlängſt geſehen. Ich grüße (salue) Sie gehorſamſt. Er iſt ber am wenigſten Furchtſame (timide) von uns. Ich werbe ihn aufs beſte empfangen (recevoir). Welches iſt ber kürzeſte Weg? Iſt bas Ihr billigſter Preis? Geben Sie von Ihrem beſten Wein. Hier iſt vom beſten. Es iſt ber höchſte Berg bes Lanbes (ou im Lanbe).

III. La moindre émotion (Aufregung) lui fait mal. Les plus courts discours (Reben, fém. plur.) sont les meilleurs. Je reste ici le plus volontiers. Cela me fait le plus grand plaisir. C'est mon meilleur ami. Tout est pour le mieux. Quelle est l'auberge [73] la plus proche. C'est une des plus belles villes. Cela vaut au plus cent francs. Il a au moins trente-deux ans. C'est le moins grand des trois frères. Votre sœur a la plus grande part (Theil, m.). C'est le plus brave (tapfer) soldat du régiment. Il a plus de trente-deux ans. Je prends le plus cher des trois parapluies. Cet arbre est le plus vieux de tous.

41ᵉ LEÇON. — **Les dérivés des nombres.**

I. LES NOMBRES ORDINAUX PREMIER, SECOND, ETC.

1. Les nombres ordinaux sont des adjectifs que l'on forme en ajoutant aux nombres les finales t ou ſt, savoir : t aux dix-neuf premiers nombres, sauf einß :

second, zweit.	septième, ſiebent.	onzième, elft.
cinquième, fünft.	dixième, zehnt.	douzième, zwölft.

On dit : britt (pour breit), 3ᵉ ; — acht (pour achtt), 8ᵉ.

Quant à einſt, il existe, mais avec le sens de *un jour*. *Le premier* s dit ber erſte (erſt et non einſt).

ſt (signe du superlatif) aux autres nombres :

vingtième, zwanzigſt ; centième, hundertſt ; millième, tauſendſt.

2. Ces finales t ou ſt ne s'ajoutent qu'au dernier nombre :

31ᵉ, ein und breißigſt ; 102ᵉ, hundert und zweit.

3. Ces adjectifs numériques se déclinent régulièrement :

Premier chapitre, deuxième leçon,	erſtes Capitel, zweite Lection.
Le premier acte,	ber erſte Aufzug (ou Act).
Montez au quatrième étage,	auf ben vierten Stock.
Un billet de première classe,	ein Billet erſter Claſſe.
Que coûtent les secondes places ?	wie viel koſten bie zweiten Plätze ?
La 3ᵉ livraison du 8ᵉ volume,	bie britte Lieferung bes achten Bandes.
La vingt et unième page,	bie ein und zwanzigſte Seite.
Le 103ᵉ régiment,	bas hundert (und) britte Regiment.
Nous sommes les premiers,	wir ſind bie erſten.
C'est un premier essai,	es iſt ein erſter Verſuch.

4. On emploie ces adjectifs (et non les nombres) : 1° pour exprimer le quantième ; 2° après le nom des souverains :

Le premier juin, le trois mai, ber erſte Juli, ber britte Mai.
Henri-Quatre, Heinrich ber Vierte ; *Gén.* Heinrichs bes Vierten.

5. Exprimés en chiffres, on les écrit avec un point :

Le 4 août, ben 4. Auguſt ; Henri IV, Heinrich IV.

6. On change ces adjectifs en adverbes, comme pour le superlatif, en ajoutant la finale enß :

erſtens, premièrement (on dit dans un autre sens : erſt, zuerſt, d'abord). zweitens, secondement ; brittens, troisièmement, etc.
Le dernier se dit ber letzte ; en dernier lieu, zuletzt.

II. LES MULTIPLES, DOUBLE, DEUX FOIS, ETC.

7. On forme les multiples avec le suffixe fach (ou fältig) :

simple, einfach (pour *unique*, einzig : un simple mot, ein einziges Wort).
double, zweifach (mais on dit plutôt doppelt).
triple, dreifach (ou dreifältig), etc.

8. Ces adjectifs se déclinent comme tous les autres :

Une quadruple alliance, ein vierfaches Bündniß.
Le double, le centuple, das Doppelte, das Hundertfache.

9. Ils s'emploient aussi comme adverbes :

Il est triplement coupable, er ist dreifach strafbar.

10. Le mot *fois* se traduit par Mal, nom neutre :

La première fois, das erste Mal ; cette fois, dieses Mal.
Une autre fois, ein anderes Mal ; bien des fois, viele Male (ou vielmals).
Une fois pour toutes, ein für alle Male.

11. Employé comme terme de multiplication, mal devient un suffixe invariable :

Trois fois cinq font quinze, dreimal fünf macht fünfzehn.
Combien de fois? une fois, dix fois, wie vielmal? einmal, zehnmal.

12. Le suffixe lei (invariable) signifie *espèce, sorte :*

zweierlei, de deux espèces; vielerlei, de beaucoup de sortes.
Il y a des armes de trois sortes, es sind dreierlei Waffen.
Toutes sortes de gens, allerlei Leute.

EXERCICES.

I. Haben Sie genug an (de) einem einfachen Blatt Papier?
Wollen Sie ein zweifaches? Der erste und zweite Stock sind leer
(vacant). Ist das Ihr letztes Wort? Das ist zweimal so viel werth.
Es ist ein doppelter Irrthum. Wir werden das nächste Mal sprechen.
Er ist wenigstens zehnmal gekommen. Nein, es ist nur das vierte
Mal. Ein einziges Wort. Ich kann zwei erste Logen (loges) haben.
Welche Plätze, meine Herren? Zwei erster Classe. Es ist der achte
Band von Goethe's Werken[70]. Ich trete in mein ein und sechzigstes
Jahr. Ich habe ihn mehr als hundertmal gesehen.

II. C'est mon dernier espoir. Il est tombé plus de (que) dix fois. Il
parlera le premier et moi, le quatrième. Cette ville est cent fois aussi
grande que mon village. Il le dit pour (zu) la sixième fois. Combien
coûtent les secondes loges? On va commencer le premier acte. Quoi !
c'est votre première parole? Cela peut rapporter (bringen) le centuple.
Voici un second témoin (Zeuge). Il parle à (avec) toutes sortes de gens.
Quatre fois trois font douze. Donnez-moi une feuille double.

7.

42ᵉ LEÇON. — **Les dérivés des nombres** (*suite*).

LES FRACTIONS.

1. Toutes les fractions (excepté la demie) se forment en ajoutant el à l'adjectif numérique correspondant :

(dritt, 3ᵉ) das Drittel, le tiers.   (fünft, 5ᵉ) das Fünftel, le ¹/₅.
(viert, 4ᵉ) das Viertel, le quart.   (hundertst, 100ᵉ) das Hundertstel, le ¹/₁₀₀.

2. Ces nombres fractionnaires sont neutres (voy. p. 102) :

Les trois quarts, die drei Viertel.
Avec les deux cinquièmes, mit den zwei Fünfteln.
Une aune et un tiers, eine Elle und ein Drittel.

3. Quand un nom suit ces fractions, *de* ne se traduit pas :

Un quart de conversion, eine Viertelschwenkung.
Un quart de livre,   ein Viertelpfund.

4. Mais alors on traduit le plus souvent ainsi la fraction :

Le quart d'une pomme (*la* 4ᵉ *partie*), der vierte Theil eines Apfels.

La Demie ou *Moitié*.

5. Pour la demie, on emploie halb, adjectif signifiant *à moitié*.

6. Halb peut être pris substantivement, en arithmétique, par opposition à das Ganze (le tout, l'entier), mais sans jamais être suivi d'un nom :

Une demie, une moitié, ein Halbes (ou brièvement ein Halb).
Quatre demies font deux entiers, vier Halbe machen zwei Ganze.

Quand un nom suit, il faut employer ou die Hälfte (la moitié) ou der halbe Theil (la demi-part) :

La moitié de cette pomme, die Hälfte dieses Apfels.

7. Comme adjectif, halb (demi) de même que ganz (tout, entier) s'accorde avec le nom qui suit :

Une demi-livre, ein halbes Pfund; une demi-aune, eine halbe Elle.

8. Excepté quand c'est un nom de ville ou de pays ne prenant pas l'article en allemand (p. 70). On dira bien die halbe Schweiz (la moitié de la Suisse), car il y a l'article; mais on dit :

halb Paris, la moitié de Paris; halb Frankreich, la moitié de la France.

Il en est de même de ganz: ganz Paris, tout Paris.

ħalb (demi) dans la numération.

9. Comme terme de numération, ħalb est indéclinable.

10. Il ne s'énonce pas comme notre mot *demi ;* ainsi nous disons : « quatre et demi »; les Allemands disent : *cinquième demi* ou cinquième à moitié, en incorporant ħalb à la suite du nombre ordinal : fünftehalb :

Quatre aunes et demie *(cinquième à moitié aunes)*, fünftehalb Ellen.
Neuf pieds et demi *(dixième à moitié pieds)*, zehntehalb Fuß.

Pour « un et demi » ils disent : anderthalb :

Une aune et demie *(autre à moitié aunes)*, anderthalb Ellen.

Ces expressions s'expliquent par un sous-entendu. On a l'intention d'énoncer ceci : il y a quatre unités entières, la cinquième n'existe que pour moitié (fünftehalb); il y a une unité entière, l'autre pour moitié (anderthalb).

11. Mais on peut dire aussi :

vier und eine halbe Elle *(quatre et une demie aune)*.
ou bien : vier Ellen und eine halbe *(quatre aunes et une demie)*.
Un pied et demi, ein Fuß und ein halber.

EXERCICES.

I. Ich bin zwölf und ein halbes Jahr alt. Wir sind auf dem halben Wege nach Paris. Der dritte Theil der Einwohner hat das Land verlassen (quitté). Dieser Weg ist um (de) drei und eine halbe Meile kürzer als jener. Geben Sie mir einen halben Apfel; ich brauche nur die Hälfte. Er erhält den Zehntel des Gewinns (bénéfice). Es ist eine Viertelmeile von hier zu ihm. Wir haben den dritten Theil der Stadt gesehen. Sie ist dritthalb Jahr (alt). Fünfzehn Silbergroschen machen einen halben Thaler. Dieser Strick [53] ist um die Hälfte größer als der Ihrige. Es bleiben dreizehntehalb Bogen [62] von diesem Papier übrig. Ich wünsche nur ein halbdutzend. Er ist halb närrisch (fou). Machen Sie die Sache nicht zur Hälfte.

II. Nous avons déjà fait les trois cinquièmes du chemin. Donnez-lui le quart de la somme. Prêtez-moi une moitié de votre papier. Il reçoit les neuf dixièmes du bénéfice. J'ai huit ans et demi. Ce village est éloigné (weit) d'un quart de mille. Cette maison est haute de vingt pieds et demi. Cette feuille est large de quatre pouces et quart. Avec le tiers de la somme il sera content. Une livre prussienne vaut un demi-kilo. Six pouces font la moitié d'un pied. J'aurai assez avec (an) une demi-aune. Je ne veux qu'une demi-douzaine de plumes.

Récapitulation du 4° chapitre.

I. LES NOMBRES ET LEURS DÉRIVÉS.

1, eins; 1ᵉʳ, erſt; 1° erſtens; unité, Einheit; simple, einfach.
2, zwei; 2ᵉ, zweit; 2° zweitens; moitié, Hälfte; double, zweifach.
3, drei; 3ᵉ, dritt; 3° drittens; tiers, Drittel; triple, dreifach.
4, vier; 4ᵉ, viert; 4° viertens; quart, Viertel; quadrup., vierfach.
5, fünf; 5ᵉ, fünft; 5° fünftens; cinqᵐᵉ, Fünftel; quintupl., fünffach.
10, zehn; 10ᵉ, zehnt; 10° zehntens, dixᵐᵉ, Zehntel; décuple, zehnfach.

A partir de zwanzig, vingt, les nombres ordinaux se marquent par le suffixe ſt, der zwanzigſte.

Les fractions peuvent s'énoncer à l'aide de Theil (part) : le dixième, der zehnte Theil.

Les multiples peuvent s'énoncer à l'aide de mal (fois) : deux fois, zweimal, etc. :

> Il surfait du double, er verlangt zweimal zu viel.
> Cela vaut le triple, das iſt dreimal ſo viel werth.

Double, doublement peuvent s'exprimer par doppelt.

II. LES PARTITIFS.

ein, eine, un, une; einer, es, e, l'un, l'une; Einer, une personne.
der eine, das eine, etc., l'un (par opposition à, der andre, l'autre).
die einen, les uns; die andern, les autres; andre, d'autres.
beide, les deux, l'un et l'autre; einander, l'un l'autre.
einiger, es, e, ou irgend ein, quelque (plur. einige, quelques).
kein, keine, aucun, aucune; keiner, es, e, aucun; Keiner, nul.
jeder, es, e, chaque, chacun, tout (pas de pluriel); Jedermann, chacun.
all, tout; aller, es, e, tout, tout le; alle, tous, tous les; alles, tout.
ganz, tout, entier; der, das, die ganze, tout le; das Ganze, le tout.
viel, beaucoup (plur. viele); viele, un grand nombre.
zu viel, trop; nicht viel, guère; ſo viel, tant; wie viel? combien?
wenig, peu; ein wenig, un peu; zu wenig, trop peu.
mehr, plus, davantage, de plus; nicht mehr, plus, pas plus.
mehrere (ou mehre), plusieurs; die meiſten, la plupart.
weniger, moins; wenigſtens, au moins; am wenigſten, le moins.
mancher, es, e, maint (plur. manche, maints).
welcher, es, e? quel? lequel? welcher, es, e, quelque peu, en.
etwas, quelque peu, quelque chose; nichts, rien; genug, assez.

III. COMPARAISONS. (*Le trait — représente l'adjectif.*)

aussi—que, ſo — als ou ſo — wie; autre que, ander als.
plus—que, —er, als; moins—que, weniger ou minder — als.
le plus—, der —ſte; le moins —, der am wenigſten —e.

VOCABULAIRE. — *Mots relatifs à la numération.*

le nombre, die Zahl.	le zéro, die Null.	le reste, der Rest.
le numéro, die Nummer.	la somme, die Summe.	la fraction, der Bruch.
le chiffre, die Ziffer.	le total, das Total.	l'unité, die Einheit.

compter, zählen; payer, zahlen, bezahlen; calculer, rechnen; poser un chiffre, eine Ziffer schreiben; additionner, addiren; addition, Addition; soustraire, abziehen; soustraction, Subtraction; multiplication, Multiplication; division, Division; diviseur, Divisor; dividende, Dividend; (dividende d'une société, Dividende); environ, etwa.

EXERCICES RÉCAPITULATIFS (voy. p. 53).

Additionnons 4 et 5,	Zählen wir 4 und 5 zusammen.
4 et 5 font neuf,	4 und 5 macht 9.
Je pose 5 et retiens 6,	Ich schreibe 5 und behalte 6.
2 ôtés de 5, reste 3,	2 von 5 (abgezogen), bleiben 3.
Multiplions 80 par 4,	Multipliciren wir 80 mit 4.
8 multiplié par 4 fait 32,	8 durch 4 gibt (ou macht) 32.
Divisez 60 par 7,	Dividiren (theilen) Sie 60 mit 7.
Combien de fois 7 dans 60 ?	Wie vielmal ist 7 in 60?
Comptez ces pièces une à une,	Zählen Sie diese Stücke Stück für Stück.
Cette machine a une force de 200 chevaux,	Diese Maschine hat 200 Pferde-kraft.
Il y a beaucoup de monde là,	Es gibt sehr viele Leute da.
Cela vaut peu de chose,	Das ist wenig werth.
Votre part est le double de la mienne,	Ihr Theil ist zweimal so groß als der meinige.
Encore quatre fois la même distance,	Noch viermal so weit.
C'est six fois cette longueur,	Das ist sechsmal so lang.
Cette ville est la plus commerçante de l'Europe,	Es ist die größte Handelsstadt in Europa.
C'est un des endroits les plus salubres de la ville,	Es ist eine der gesundesten Stellen in der Stadt.
Soyez le plus prompt possible,	Seien Sie so schnell als möglich.
Il court on ne peut plus vite,	Er läuft möglichst schnell.
De ces deux palais, celui de droite est le plus beau,	Von diesen zwei Palästen ist der rechte der schönste.
C'est en lui qu'on peut avoir le plus de confiance,	In ihn kann man am meisten Zutrauen haben.
Je désire tout ce qu'il y a de mieux,	Ich wünsche von Allem das beste.
Il y a plus de vingt ans de cela,	Es ist länger als zwanzig Jahre.

CHAPITRE V.

LES TEMPS DES VERBES ET LES DIVISIONS DU TEMPS.

—

43ᵉ LEÇON. — Les temps des verbes. L'imparfait.

1. LE FUTUR n'existe pas. On emploie pour l'indiquer le présent de certains auxiliaires (voy. p. 44), ou encore le présent du verbe principal lui-même :

Je partirai demain	(je vais partir),	idj werbe morgen abreifen.
— —	(je dois partir),	idj foll morgen abreifen.
— —	(je veux partir),	idj will morgen abreifen.
— —	(je pars demain),	idj reife morgen ab.

2. LE PASSÉ est de deux sortes : imparfait ou accompli.

Imparfait, quand on prend l'action au moment où elle s'accomplit. L'imparfait allemand comprend à la fois notre imparfait « il criait » et notre prétérit défini « il cria ». Les deux temps n'en font qu'un.

Accompli, quand l'action est présentée comme faite : « il a crié, il avait crié, il aura crié ».

3. Il y a pour le passé deux conjugaisons (p. 12) :

I. IMPARFAIT DE LA CONJUGAISON FAIBLE.

4. Dans les deux conjugaisons, l'imparfait est caractérisé par ceci : la 1ʳᵉ et la 3ᵉ personne y sont constamment semblables l'une à l'autre :

Au sing., elles se passent de terminaisons personnelles.

Au plur., elles prennent toutes deux la terminaison en.

5. L'imparfait de la conjugaison faible s'obtient en donnant au radical, qui reste intact, le prolongement te ou ete (suivant les distinctions établies, p. 26, pour la terminaison t ou et de la 3ᵉ pers. sing. du prés.) :

leben,	vivre	(3ᵉ pers. sing. indic. prés. lebt);	imparf.	lebte.
handeln,	agir	(— — handelt);	—	handelte.
reben,	parler	(— — redet);	—	redete.

6. Par exception le verbe haben redouble le t :

haben, avoir (3ᵉ pers. sing. indic. prés. hat); imparf., hatte.

Exemple de l'imparfait (conjugaison faible).

je vivais, je vécus, ich lebte; nous vivions, vécûmes, wir lebten.
il vivait, il vécut, er lebte; ils vivaient, vécurent, fie lebten.
(La 3e pers. plur. remplace la 2e (p. 25), vous viviez, Sie lebten.

Irrégularités et exceptions.

7. Quelques verbes de cette conjugaison ont par exception leur radical altéré à l'imparfait, savoir:

1° Six verbes dont le radical est en enn ou end :

brennen,	brûler;	brannte.	rennen, courir; rannte.
fennen,	connaître; fannte.		fenden, envoyer; fandte.
nennen,	nommer; nannte.		wenden, tourner; wandte.

2° Dans les suivants l'altération est plus grande :

denfen, penser; dachte.   bringen, apporter; brachte.

3° Quatre auxiliaires d'infinitif (p. 44) et wiffen :

mögen,	pouvoir; möchte.	müffen, devoir; mußte.
fönnen,	pouvoir; fonnte.	wiffen, savoir; wußte.
dürfen,	pouvoir; durfte.	

(L'imparfait de follen, wollen est régulier : follte, wollte.)

EXERCICES.

I. *Sur le futur.* — Wann hört das auf? Ich werde gleich auf-hören. Wo wollen wir hingehen? Was fann ich Ihnen anbieten? Gehen Sie heute [11] Abend [63] ins Theater? Wir werden morgen früh abreisen. In wie viel Stunden (heures) fommen wir in Wien an? In einer guten Stunde (heure) sind wir zu Hause.

II. *Sur l'imparfait.* Mettre à l'imparf. les verbes de la p. 13.

III. Ich glaubte [65] Sie franf. Ich hatte Kopfweh [73]. Es regnete [27] gestern [11] Abend. Er wollte mich nicht begleiten [45]. Bis wohin be-gleitet er Sie? Wir durchreisten ganz Deutschland. Ich dachte das. Wir hatten viel Geld bei uns. Er zitterte [12] vor Furcht. Ich fonnte fein einziges Wort antworten [27]. Sie mußten reden. Was antwortete ihm sein Bruder? Er sagte [13] ihm nichts. Von welchen Leuten re-deten Sie? Man fragte [13] mich um meinen Namen.

IV. Il neigeait hier [11]. Elle voulut partir. Où voulait-elle aller? Per-sonne ne put me le dire. L'un pleurait, l'autre riait. Nous avions alors [11] beaucoup d'amis. Vous vous réjouissiez [13]. Il dut se taire. On le blâmait. Je lui montrai [13] la route; il me remercia. Je cherchais cela hier; je ne pouvais le trouver. Vous dessiniez jadis [11]. Nous nous trompions [13]; il n'avait pas de chevaux. Il vécut pauvre. Le connaissiez-vous? Ils nous apportèrent du vin. Je ne le savais pas.

44e LEÇON. — **L'imparfait** (suite).

II. IMPARFAIT DE LA CONJUGAISON FORTE.

1. L'imparfait, dans la conjugaison forte, comme dans la faible, a ses 1re et 3e personnes semblables l'une à l'autre, et privées de terminaisons personnelles au singulier.

2. Mais il ne prend pas le prolongement te; il est indiqué par une transformation du radical.

3. Cette transformation varie suivant la voyelle que le verbe possède à l'infinitif. Il faut distinguer deux séries :

1re série. — *Verbes au radical en* a *ou en* e.

(Tous altérables à la 3e pers. sing. du présent, sauf ceux marqués *.)

4. a se change en ie ou en u:

Imparfait en ie.			*Imparfait en* u :		
schlafen,	dormir,	*imp.* schlief.	graben,	creuser,	*imp.* grub.
rathen,	conseiller,	rieth.	laben 28,	charger,	lub.
fallen,	tomber,	fiel.	schlagen,	battre,	schlug.
gefallen,	plaire,	gefiel.	tragen,	porter,	trug.
blasen,	souffler,	blies.	waschen,	laver,	wusch.
lassen,	laisser,	ließ.	fahren,	aller en voiture,	fuhr.
braten*,	rôtir,	briet.			
halten,	s'arrêter,tenir,	hielt.	wachsen,	croître,	wuchs.

fangen, prendre; hangen font plutôt fing que fieng, hing que hieng.

5. e se change en a:

1re *liste*, 2 *consonnes.*		
sterben,	mourir, *imp.*	starb.
verderben,	se gâter,	verdarb.
werben,	rechercher,	warb.
werfen,	jeter,	warf.
helfen,	aider,	half.
treffen,	atteindre,	traf.
verbergen,	cacher,	verbarg.
brechen,	casser,	brach.
sprechen,	parler,	sprach.
stechen,	piquer,	stach.
stecken*,	être fiché,	stak.
erschrecken,	s'effrayer,	erschrak.
befehlen,	commander,	befahl.
stehlen,	dérober,	stahl.

nehmen,	prendre, *imp.*	nahm.
gelten,	valoir,	galt.
schelten,	injurier,	schalt.
bersten*	crever,	barst.

2e *liste :* 1 *consonne ou* 2 f.		
geben,	donner, *imp.*	gab.
sehen,	voir,	sah.
geschehen,	advenir,	geschah.
lesen,	lire,	las.
genesen*,	guérir,	genas.
essen,	manger,	aß.
freffen,	manger 29,	fraß.
messen,	mesurer,	maß.
vergessen,	oublier,	vergaß.
treten,	marcher,	trat.

stecken, erschrecken, dans le sens actif, suivent la conjugaison faible.

Exemple d'imparfait de la conjugaison forte : feßen, voir.

je voyais, je vis, ich faß;	nous voyions, vîmes, wir faßen.
il voyait, il vit, er faß;	ils voyaient, virent, fie faßen.

Irrégularités et exceptions.

1° Verbes à voyelle o, u, au.

6. Huit de ces verbes s'altèrent aussi à l'imparfait :

ftoßen,	pousser, heurter,	*imp.* ftieß.	fommen*,	venir,	*imp.* fam.
rufen*,	appeler,	rief.	thun*,	faire,	that.
laufen,	courir,	lief.	faufen²⁸,	boire,	foff.
hauen*,	tailler, sabrer,	hieb.	faugen*,	sucer,	fog.

2° Verbes ayant pour voyelle e.

7. Neuf verbes à voyelle e, dont quatre sont altérables au présent, font leur imparfait en o (voy. leçon suivante) :

heben*, weben*, bewegen*, pflegen* (dans le sens *d'entretenir*), fcheren*, fchwellen, flechten, fechten, fchmelzen.

8. Les trois suivants sont irréguliers :

werben, *imparf. :* sing. ich, er wurde ou warb; *plur. :* wurben.
gehen*, aller, *imp.* ging ou gieng; ftehen*, tenir, *imp.* ftanb.

VOCABULAIRE.

Il y avait..., es gab; — c'était à prévoir, bas ließ fich vorausfeßen.

EXERCICES.

I. Luife warb frank. Ich faß fie leiben; ich erfchraf. Sie ftieß ben Kopf gegen bie Wand. Die Thränen (larmes) traten mir in bie Augen. Ich rief meinen Vater. Er fchlief im Garten. Er trat ins Zimmer ein. Mein Bruber fam mit ihm. Beibe halfen mir Luife auf ihr Bett tragen. Wir ließen einen Arzt holen¹³. Es famen zwei Aerzte. Sie empfahlen jeber ein Mittel. Was gefchah hierauf? Sie gingen aus. Mein Vater that nichts; er gab ihr nichts zu trinfen. Durch biefes Mittel warb bie Kranfe gefunb. So fprach ber Nachbar.

II. Nous allâmes au jardin. Il commençait à pleuvoir. Notre ami lisait. Il prit le livre et s'en alla avec. Je l'appelai. Quel livre lisiez-vous? Il vint à nous. Il se heurta contre une pierre et tomba à terre. Nous l'aidâmes à se lever. Il se leva avec peine. Je le vis pâlir (erblaffen). Jean se tenait près de la porte. Je lui ordonnai de venir. Il prit le blessé dans ses bras et le porta à la maison. Nous fîmes chercher (holen) un médecin. Le médecin nous fit attendre longtemps. Il arriva trop tard. Notre ami mourut de sa blessure.

45ᵉ LEÇON. — **Imparfait, conjugaison forte**.

2ᵉ Série. *Verbes en* in, ie, ei (*non altérables au présent*).

Le signe ✝ marque les verbes dont l'élève n'aura point à faire usage.

1. in se change en an :

binden,	lier,	*imp.* band.	zwingen,	forcer,	*imp.*	zwang.
finden,	trouver,	fand.	trinken,	boire,		trank.
✝ winden,	tordre,	wand.	✝ finken,	s'enfoncer,		fank.
schwinden,	disparaître,	schwand.	✝ stinken,	puer,		stank.
gelingen,	réussir,	gelang.	schwimmen,	nager,		schwamm
✝ klingen,	tinter,	klang.	beginnen,	commencer,		begann.
✝ schlingen,	enlacer, avaler,	schlang.	spinnen,	filer,		spann.
ringen,	tordre, lutter,	rang.	rinnen,	couler,		rann.
springen,	sauter,	sprang.	sinnen,	penser,		sann.
singen,	chanter,	sang.	gewinnen,	gagner,		gewann.
schwingen,	vibrer,	schwang.				

2. ie se change en o :

✝ schieben,	pousser,	*imp.* schob.	verlieren,	perdre,	*imp.*	verlor.
✝ sieden,	bouillir,	sott.	frieren,	geler,		fror.
✝ biegen,	plier,	bog.	gießen,	verser,		goß.
fliegen,	voler [37],	flog.	schießen,	tirer (à balle),		schoß.
wiegen,	peser,	wog.	fließen,	couler,		floß.
riechen,	sentir,	roch.	schließen,	fermer,		schloß.
kriechen,	ramper,	kroch.	genießen,	jouir,		genoß.
fliehen,	fuir,	floh.	verdrießen,	vexer,		verdroß.
ziehen,	tirer,	zog.	bieten,	offrir,		bot.

3. ei se change en i ou ie :

leiden,	souffrir,	*imp.* litt.	sich befleißen,	s'appliquer,	befliß.
schneiden,	couper,	schnitt.	reißen,	déchirer,	riß.
scheiden,	séparer,	schied.			
meiden,	éviter,	mied.			

Finales b, g, h, n, s.

pfeifen,	siffler,	pfiff.	bleiben,	rester,	*imp.* blieb.
schleifen (a),	aiguiser,	schliff.	reiben,	frotter,	rieb.
kneifen,	pincer,	kniff.	schreiben,	écrire,	schrieb.
greifen,	saisir,	griff.	treiben,	pousser,	trieb.
erbleichen (b),	pâlir,	erblich.	steigen,	monter,	stieg.
gleichen,	ressembler,	glich.	schweigen,	se taire,	schwieg.
streichen,	passer, frotter,	strich.	✝ gedeihen,	prospérer,	gedieh.
weichen (c),	céder,	wich.	leihen,	prêter,	lieh.
gleiten (d),	glisser,	glitt.	zeihen,	accuser,	zieh.
reiten,	aller à cheval,	ritt.	speien,	cracher,	spie.
✝ schreiten,	marcher,	schritt.	schreien,	crier,	schrie.
streiten,	disputer,	stritt.	scheinen,	sembler,	schien.
beißen,	mordre,	biß.	✝ preisen,	vanter,	pries.
heißen,	appeler,	hieß.	weisen,	montrer,	wies.

a, b, c, d, schleifen, traîner ; begleiten, accompagner ; bleichen, blanchir ; weichen, amollir, suivent la conjugaison faible.

Exemple : Imparfait de bleiben, rester.

| Je restais, je restai, | ich blieb. | nous restions, restâmes, | wir blieben. |
| Il restait, il resta, | er blieb. | ils restaient, restèrent, | sie blieben. |

Irrégularités et exceptions.

4. Six verbes à voyelles adoucies, ä, ö, ü suivent la conjugaison forte. Cinq prennent à l'imparfait o; un seul, a :

gebären,	enfanter,	gebar.	schwören,	jurer,	schwor.
gähren,	fermenter,	gohr.	lügen,	mentir,	log.
erlöschen [28],	s'éteindre,	erlosch.	betrügen,	tromper,	betrog.

5. Les suivants, en e, prennent aussi o à l'imparfait :

heben,	lever,	hob.	schwellen [29],	s'enfler,	schwoll.
weben,	tisser,	wob.	scheren,	tondre,	schor.
pflegen [18],	dans le sens		fechten [29],	se battre,	focht.
	d'entretenir,	pflog.	flechten, [29]	tresser,	flocht.
bewegen,	déterminer,	bewog.	schmelzen [29],	se fondre,	schmolz.

6. Les suivants font leur imparfait contre toute règle :

| bitten, | prier, | bat. | schinden, | écorcher, | schund. |
| sitzen, | être assis, | saß. | liegen, | être couché, | lag. |

Ainsi se conjugue anliegen, solliciter, presser, importer, lag an.

Imparfait exceptionnel de sein, être.

| J'étais, | je fus, | ich war. | nous étions, fûmes, | wir waren. |
| il était, | il fut, | er war. | ils étaient, furent, | sie waren. |

I. Was für Wetter war es gestern? Es war schlechtes Wetter. Meine Brüder waren im Concert. Es waren die ersten Künstler [43] des Landes. Wir waren krank. Waren Sie allein [35]? Ich fand Niemand. Das schien mir kaum glaublich (croyable). Wir tranken fast nichts. Warum logen Sie? Ich schloß die Thür. Sie schrieb an ihre Mutter. Er hob die Augen zum Himmel [58]. Diese Leute ergriffen mich. Mein Bruder stieg vom Berge herab. Er sprang in das Boot (bateau). Er lag mir sehr an, mit ihm zu springen. Ich blieb liegen. Der Dieb [111] zog die Thür zu und entfloh. Es fror. Ich litt viel, aber ich schrie nicht.

II. Elle était malade. Nous écrivîmes à son père. Il n'y avait plus de place dans la voiture. Il me pressa de descendre. Il but un verre de vin. Ce n'était pas beaucoup. Il faisait nuit. Il gelait. Vous étiez étudiant [62]. Y avait-il beaucoup de monde au concert? Quel temps faisait-il hier? Elle était plus triste que lui. Je restai debout. Il me plut d'agir ainsi. Je trouvai le voleur. Il sauta dans l'eau. Nous n'étions pas si studieux [16] que vous. Je le pressai de sortir. Il faisait très-beau temps. Je tirai la porte et m'enfuis (s'enfuir, entfliehen).

46ᵉ LEÇON. — Le participe passé.

1. Nous savons (p. 46) qu'on le forme à l'aide : 1° d'une terminaison; 2° parfois d'une altération; 3° d'un augment.

§ 1. RÈGLES SUR LA TERMINAISON ET L'ALTÉRATION.

1° *Dans la conjugaison faible.*

2. La terminaison du participe passé est *t* ou *et* suivant les règles de la page 26.

3. Le radical reste le même qu'à l'imparfait (43ᵉ leçon) :

malen,	peindre,	*part.* gemalt.	brennen,	brûler,	*part.* gebrannt.
reben,	parler,	gerebet.	bringen,	apporter,	gebracht.
ernten,	récolter,	geerntet.	wiſſen,	savoir,	gewußt.

(Sauf haben, imparfait hatte, qui fait au part. p. gehabt, eu).

2° *Dans la conjugaison forte.*

4. La terminaison du participe passé est *en*.

5. Les radicaux à voyelle forte, a, o, u, au, n'ont pas à subir d'altération (p. 2) :

ſchlafen,	dormir,	*part.* geſchlafen.	kommen,	venir,	*part.* gekommen.
rufen,	appeler,	gerufen.	laufen,	courir,	gelaufen.

(Excepté thun, part. gethan; ſaufen et ſaugen auxquels s'applique la règle 8.)

6. Ni les radicaux en eſſ et autres de la 2ᵉ liste, p. 124 :

eſſen,	manger,	*part.* gegeſſen.	geben,	donner,	*part.* gegeben.
leſen,	lire,	geleſen.	ſehen,	voir,	geſehen.

7. Les autres radicaux en e se transforment en o :

brechen,	rompre,	*part.* gebrochen.	heben,	lever,	*part.* gehoben.
nehmen,	prendre,	genommen.	ſcheren,	tondre,	geſchoren.

8. Tout verbe prenant o à l'imparf. prend o au part. p.

gießen,	verser,	*part.* gegoſſen.	lügen,	mentir,	*part.* gelogen.
ziehen,	tirer,	gezogen.	ſchwören,	jurer,	geſchworen.

9. Ceux en ei prennent aussi le radical de l'imparfait :

greifen,	saisir,	*part.* gegriffen.	bleiben,	rester,	*part.* geblieben.
ſchneiben,	couper,	geſchnitten.	ſchreien,	crier,	geſchrien.

10. Ceux en in prennent un; ceux en inn prennent onn :

trinken,	boire,	*part.* getrunken.	rinnen, couler,	*part.* geronnen.

11. En résumé, dans les verbes altérables au participe :

e se change en o.   ei se change en i ou ie.
ie, ä, ö, ü en o.   in en un ou on.

12. Exceptions à la règle 2 : quelques verbes de la conjugaison faible prennent au part. passé la terminaison en ſ :

falzen,	saler, *part.* geſalzen.	ſpalten, fendre, *part.* geſpalten.
ſchmalzen,	graisser, geſchmalzen.	baïen, cuire au feu, gebaïen.

13. Exceptions à la règle 11 et irrégularités diverses :

gehen,	aller, *part.* gegangen.	ſein, être, *part.* geweſen.
ſtehen,	se tenir, geſtanden.	heißen, (s')appeler, geheißen.
liegen,	être couché, gelegen.	bitten, prier, gebeten.
ſitzen,	être assis, geſeſſen,	thun, faire, gethan.

§ 2. RÈGLES SUR L'AUGMENT ge.

14. L'augment se supprime, 1° Dans les verbes en ir :

birigiren,	diriger, *part.* birigirt.	garniren, garnir, *part.* garnirt.
ſpebiren,	expédier, ſpebirt.	franïiren, affranchir, franïirt.

2° Dans le part. passé de werben servant d'auxiliaire, p. 47 :

J'ai été trompé par lui, ich bin von ihm betrogen worben.

3° Dans les verbes qui ont un des préfixes de la p. 19 :

befehlen,	commander, *part.* befohlen.	zerreißen, déchirer, *part.* zerriſſen.
gebären,	enfanter, geboren.	verlieren, perdre, verloren.

4° Dans les verbes à particules inséparables (p. 93) :

überſetzen, traduire, *part.* überſetzt.	vollbringen, accomplir, *p.* vollbracht.

15. Mais si la particule est séparable (p. 91 et 92), l'augment ge est maintenu; il s'intercale après la particule :

einrichten, organiser, *part.* eingerichtet.	aufhören, cesser, *part.* aufgehört.

I. Former le participe passé des verbes déjà connus.

II. Dire pourquoi ces verbes font ainsi leur participe.

gehören,	appartenir, gehört.	fangen, prendre, gefangen.
geneſen,	guérir, geneſen.	wollen, vouloir, gewollt.
verziehen,	gâter, verzogen.	benïen, penser, gebacht.
beginnen,	commencer, begonnen.	ïennen, connaître, geïannt.

III. Dire à quels verbes appartiennent ces participes :

gelehrt,	instruit.	vergangen, passé.	unterhalten, entretenu.
gefunben,	trouvé.	gewonnen, gagné.	vollzogen, exécuté.
gewaſchen,	lavé.	befreit, délivré.	umgeben, entouré.

IV. Es ſind verzogene Kinber. Kennen Sie bie im vergangene Jahre vollbrachten Ereigniſſe (événements)? Hier iſt bas ſchöne von meinem Freunbe gekaufte Pferb. Iſt Ihr Buch zerriſſen? Ich ſehe kein zerriſſenes Buch. Wollen Sie einen mit Blumen garnirten Hut? Ich wünſche eine möblirte Wohnung zu miethen[18].

47ᵉ LEÇON. — **Le passé accompli.**

1. On exprime le *passé accompli* (p. 122) à l'aide du participe passé avec un auxiliaire qui est ħaben ou ſein.

1° *Avec l'auxiliaire* ħaben.

2. Tous les verbes *actifs* (p. 32 et 63) prennent au passé accompli l'auxiliaire ħaben :

Infinitif passé :	avoir vu cela,	baß geſeħen ħaben.
Parfait :	j'ai vu cela,	iḑ ħabe baß geſeħen.
Plus-que-parfait :	j'avais vu cela,	iḑ ħatte baß geſeħen.
Futur passé :	j'aurai vu cela,	iḑ werbe baß geſeħen ħaben.

3. Cette règle est tellement absolue qu'elle s'étend même aux verbes pris dans un sens *réfléchi* (p. 32) que nous employons avec le verbe *être :* ſiḑ betragen, se comporter ; ſiḑ bemüħen, se donner la peine ; auf Jemanben ſiḑ verlaſſen, se fier à quelqu'un ; ſiḑ entħalten, s'abstenir, etc. :

Infinitif passé :	s'être réjoui,	ſiḑ gefreut ħaben.
Parfait :	je me suis réjoui,	iḑ ħabe miḑ gefreut.
Plus-que-parfait :	je m'étais réjoui,	iḑ ħatte miḑ gefreut.
Futur passé :	je me serai réjoui,	iḑ werbe miḑ gefreut ħaben.

4. Même parmi les verbes *neutres*, plus d'un veut ħaben : leben, vivre ; laḑen, rire ; bauern, durer ; eilen, se hâter ; ruħen, se reposer ; tanzen, danser ; ſḑreien, crier, etc. :

J'ai parlé, iḑ ħabe gerebet ; je me suis tu, iḑ ħabe geſḑwiegen.

5. Tous les *impersonnels* sont dans ce cas :

Il a neigé, eß ħat geſḑneit ; il a tonné, eß ħat gebonnert.
Il y a eu du monde, eß ħat Leute gegeben (part. de eß gibt [50]).

2° *Avec l'auxiliaire* ſein.

6. Avec ſein, on emploie le verbe ſein lui-même :

Infinitif passé :	avoir été (*été être*),	geweſen ſein.
Parfait :	j'ai été (*je suis été*),	iḑ bin geweſen.
Plus-que-parfait :	j'avais été (*j'étais été*),	iḑ war geweſen.
Passé futur :	j'aurai été (*j'irai été être*),	iḑ werbe geweſen ſein.

7. Et les verbes *neutres* indiquant situation, déplacement ou changement d'état (werben, devenir ; veralten, vieillir, etc.):

être resté,	geblieben ſein.	j'ai couru,	iḑ bin gelaufen.
être allé,	gegangen ſein.	il a fui,	er iſt gefloħen.
être devenu,	geworben [47] ſein.	cela a vieilli,	baß iſt veraltet.

LE PARTICIPE REMPLACÉ PAR L'INFINITIF.

8. Par une bizarrerie de la langue allemande, les auxiliaires de l'infinitif, können, mögen, dürfen, müssen, sollen, wollen, lassen, sehen, helfen, etc. (voy. p. 44), quand ils suivent un infinitif, sont employés eux-mêmes à l'infinitif plutôt qu'au participe passé :

Comment a-t-il pu faire cela ?	wie hat er das thun können ?
Il n'a pas voulu jouer,	er hat nicht spielen wollen.
Ils nous ont laissé dormir,	sie haben uns schlafen lassen.
Je l'ai souvent entendu dire,	ich habe das oft sagen hören.

9. Toutefois ce remplacement n'a pas lieu pour machen ni thun, et n'est pas obligatoire pour sehen, hören, lernen, lehren, helfen :

Personne ne l'a vu tomber,	Niemand hat ihn fallen gesehen.
Qui vous a appris à lire ?	wer hat Sie lesen gelehrt ?

10. Dans tous les cas, il n'a jamais lieu quand les auxiliaires sont employés isolément (l'infinitif sous-entendu) :

Il n'a pas pu, pas voulu,	er hat nicht gedurft, nicht gewollt.

EXERCICES.

I. Sie haben mich rufen lassen. Sie haben wohl gethan. Ich habe mich geirrt[13]. Ich bin niemals in England gewesen. Wir waren noch nicht ausgegangen. Ich habe das Fieber[82] gehabt. Sie haben Wein auf das Tischtuch[72] gegossen. Wir sind krank gewesen. Sie hat einen Brief schreiben wollen; sie hat nicht gekonnt. Wie haben Sie sich verwundet ? Er hat sich erschossen (brûlé la cervelle). Ihr Freund ist noch nicht zurückgekommen; er ist droben geblieben. Wir sind in die Stadt gegangen. Er hatte schon aufgehört zu leben. Es ist ein Unbekannter[61] gekommen. Ich habe soeben[11] eine Tasse Kaffee getrunken. Wir haben einen großen Sieg[65] über die Feinde[111] davongetragen (remporté). Er ist sehr glücklich gewesen. Ich hatte das gesehen.

II. Avez-vous affranchi[129] ma lettre ? Cette mode a vieilli. La soupe s'est refroidie. Nous sommes tombés[31] malades. Elle a été belle. Il a payé ses dettes[66]. J'ai déjà été une fois au bal. Vous m'avez fait mal. Je ne l'ai pas fait exprès[88]. J'ai oublié mon livre chez vous. Ils sont sortis à l'instant[11]. Qu'avez-vous fait hier ? J'ai écrit une longue lettre à ma mère. Il a voulu se brûler la cervelle. On ne l'a pas laissé faire. Il s'est blessé; je l'ai vu tomber; j'ai entendu ses enfants crier. Votre visite m'a été extrêmement agréable. Je n'ai pas pu venir plus tôt.

48e LEÇON. — **Les temps du passif.**

1. Nous savons (p. 46) qu'il faut distinguer deux passifs :

1° Le *passif-action* qui se forme avec werben;

2° Le *passif-résultat* qui se forme avec fein.

2. Le passif-action se reconnaît à ce qu'on pourrait le tourner par le temps correspondant de l'actif.

« La ville est bombardée » = on bombarde la ville.
« Charles était aimé de tous » = tous aimaient Charles.
« Vous serez puni par moi » = je vous punirai.

Il faut donc dire, avec werben :

Die Stadt wird bombardirt.
Karl wurde von Jedermann geliebt.
Sie werden von mir bestraft werden.

3. Le passif-résultat, au contraire, indiquant ce qui résulte d'une action déjà passée, un état de choses, une manière d'être, ne pourrait pas se tourner par l'actif, ou du moins le sens serait complétement dénaturé. Ainsi on ne pourrait pas dire indifféremment : « Ce livre est imprimé » ou « on imprime ce livre ». Ces deux phrases seraient en désaccord. Alors il faut fein :

Ce livre est imprimé, dieses Buch ist gedruckt.

4. Par conséquent tout dépend du sens, et la même phrase, par exemple, « je suis découragé » doit se traduire avec werben ou fein, selon le sens qu'on y attache : avec werben, si l'on veut dire : quelqu'un me décourage en ce moment; avec fein, si l'on veut dire : je suis privé de courage.

Traduction de on *par le passif-action.*

5. Ce qui vient d'être dit, que le passif avec werben équivaut à un actif, explique pourquoi les Allemands traduisent quelquefois *on* par ce passif :

On chante (*il est chanté*),   es wird gesungen.
Ici on ne parle pas,   hier wird nicht gesprochen.
Partout on jouait,   überall wurde gespielt.

Rem. On sous-entend ici l'impersonnel es quand les règles de la construction (p. 51) l'appellent après werben.

Conjugaison du passif.

Passif-résultat.		**Passif-action.**	
être blessé,	verwundet sein.	être aimé,	geliebt werden.

Présent.

je suis b—	ich bin verwundet.	je suis a—	ich werde geliebt.
il était b—	er ist verwundet.	il est a—	er wird geliebt.
pluriel :	sind verwundet.	*pluriel :*	werden geliebt.

Imparfait.

j'étais b—	ich war v—	j'étais a—	ich wurde g—
il était b—	er war v—	il était a—	er wurde g—
pluriel :	waren v—	*pluriel :*	wurden gel—

Passé accompli.

avoir été b— v— gewesen sein.	avoir été — g— worden sein.
j'ai été b— ich bin v— gewesen.	j'ai été a— ich bin g— worden.
j'avais été b— ich war v— gewesen.	j'avais été a— ich war g— worden.

Futur.

je serai b— ich werde v— sein.	je serai a— ich werde g— werden.

Futur passé.

j'aurai été b— ich werde v— gewesen sein.	j'aurai été a— ich werde g— worden sein.

(Ce temps peu usité en allemand est remplacé par le futur.)

VOCABULAIRE.

gepfiffen, sifflé.	benachrichtigt, informé.	erklärt, déclaré.
überholt, dépassé.	aufgeweckt, réveillé.	empfangen, reçu.
verspätet, retardé.	verlassen, abandonné.	verurtheilt, condamné.

EXERCICES.

I. Da (voilà que [48]) wird zur Abfahrt (départ) gepfiffen. Mir wird nicht gehorcht. Ohne Sie, war es um mich geschehen [47]. Werden wir von seiner Rückkehr (retour) benachrichtigt werden? Dieses Schiff ist noch von keinem andern überholt worden. Das Frühstück ist aufgetragen. Was ist aus (ou mit) meiner Gabel geworden? Dieser Brief ist schlecht geschrieben. Gelehrte werden nach Indien geschickt. Ist der Mörder (assassin) für schuldig erklärt worden? Ja, er ist zum Tode verurtheilt worden. Welches Verbrechens [68] wurde er beschuldigt? Waren Sie davon überzeugt [93]? Es ist genug gespielt.

II. Nous avons été bien reçus. Serons-nous réveillés? La saison est bien retardée. Il fut accusé d'un crime [68]. Dans quel sens (Sinn, m.) le mot est-il pris? Où êtes-vous blessé? Ces pauvres enfants ont été abandonnés. Tout le monde veut être aimé. Vous n'avez jamais été mieux entouré. Sans vous, j'étais perdu. M. de B. a été reçu hier par l'empereur d'Allemagne. J'ai été vu. Vous avez été trompé. Le poêle [59] n'est pas allumé [29].

8

49ᵉ LEÇON. — **Indication du temps.**

I. PRÉPOSITIONS DE TEMPS.

1. Il y a deux prépositions spéciales pour le temps :

feit (datif), *depuis :*	depuis ce temps, dep. lors,	feit biefer Zeit, feitbem.
	depuis quand? dep. peu,	feit wann ? feit Kurzem.
	depuis comb. de temps ?	feit wie lange ?
während, *pendant :* (génitif)	pendant la guerre,	während bes Krieges.
	pendant son voyage,	während feiner Reife.

2. Pour le reste, on se sert de prépositions de lieu :

vor (datif), *avant :*	avant son départ,	vor feiner Abreife.
	avant huit jours,	vor acht Tagen.
nach (datif), *après :*	après souper,	nach bem Abenbeffen.
	au bout de trois mois,	nach brei Monaten.
zu (datif), *à :*	à temps, à propos,	zu rechter Zeit.
	pour la première fois,	zum erften Male.
von (datif), *de :*	d'un jour à l'autre,	von einem Tag zum anbern.
	de temps en temps,	von Zeit zu Zeit.
in (datif), *en :*	en peu de temps, sous peu,	in kurzer Zeit, in Kurzem.
	en un instant (*coup d'œil*),	in einem Augenblick.
	en peu d'instants,	in wenigen Augenblicken.
	de nos jours (*en nos temps*),	in unfern Zeiten.
um (acc.), *vers, à :*	vers Noël,	um Weihnachten.
	à quel moment ?	um welche Zeit ?
auf (acc.), *à :*	à l'heure, à la minute,	auf bie Stunbe, bie Minute.
	à demain, à Pâques,	auf morgen, auf Oftern.

3. *Dès* se rend par von... an (an après le régime de von) :

dès ma jeunesse,	von meiner Jugenb an.
dès aujourd'hui, dès à présent,	von heute an, von nun an.
dès le premier moment,	vom erften Augenblick an.
à partir de Pâques,	von Oftern an.

4. *Jusqu'à* se rend par bis suivi de auf ou zu, qu'on sous-entend devant les mots invariables :

jusqu'à ce moment,	bis auf biefen Augenblick.
jusqu'à la trentième année,	bis zum breißigften Jahre.
de vingt à trente ans,	von zwanzig bis breißig Jahren.
jusqu'à Pâques ; jusqu'ici.	bis Oftern ; bis jetzt (ou bis baher).

5. *Il y a* se tourne ou par feit (depuis) ou par vor :

il y a une heure que j'attends,	ich warte feit einer Stunbe.
je l'ai vu il y a huit jours,	ich habe ihn vor acht Tagen gefehen.
il y a un an,	vor einem Jahre.
il y a longtemps, depuis longt.	vor längft ou fchon lange.

II. Accusatif ou génitif sans préposition.

6. L'époque se marque aussi simplement par l'accus. :

Il travaille toute la journée,	er arbeitet den ganzen Tag.
à tout instant,	alle Augenblicke, jeden Augenblick.
au premier moment libre,	den ersten freien Augenblick.
la prochaine fois,	das nächste Mal.

7. Dans certains cas on emploie le génitif :

un jour, eines Tages; par jour, des Tages; le soir (des) Abends.

III. Adverbes et adjectifs de temps.

8. Le génitif, sans article, forme de vrais adverbes, p. 88 :

le matin, Morgens; au commencement, Anfangs.
autrefois, ehemals, vormals; bien des fois, vielmals; alors, damals.

9. Avec les finales ig, lich, on a formé des adjectifs de temps; ceux en lich s'emploient aussi comme adverbes :

d'un an, jährig; d'hier, gestrig; ci-devant, ehemalig; précédent, vorig. par an, annuel, jährlich; quotidien(nement), täglich; mensuel, monatlich; récent, l'autre jour, neulich; subit, tout à coup, plötzlich, etc.

Vocabulaire. — *Adverbes de temps* (voy. p. 11).

auparavant, zuvor, vorher;	à l'avenir, künftighin;	d'avance, voraus.
prochainement, nächstens;	dernièrement, letzthin;	une fois, einmal.
depuis très-longtemps, längst;	depuis peu; unlängst;	désormais, fortan.
tout à l'heure, sogleich (pour l'avenir);	soeben (pour le passé).	

Nota. ne... que, *seulement*, à propos de temps, se traduit par erst.

EXERCICES.

I. Das Feuer wird augenblicklich brennen. Ein anderes Mal kommen Sie früher. Sind Sie schon lange ohne Stelle (place)? Seit zwei Jahren. So lange schon? Was haben Sie seitdem gethan? Seit wie lange sind Sie krank? Seit acht Tagen. Gedenken Sie den ganzen Sommer hier zu bleiben? Wir können jeden Augenblick abfahren. Ich dachte das von Anfang an. Seit mehreren Jahren hat es nicht so stark gefroren. Das ist ein vorlängst geschriebener Brief. Ich hatte ihn schon zuvor (ou vorher) gesehen. Wir kommen augenblicklich. Besuchte (visiter) er Sie nicht von Zeit zu Zeit?

II. Le danger s'augmentait d'heure en heure. Il dessinait déjà bien dès sa douzième année. En combien d'heures arriverons-nous à Paris ? Il ne travaille que le matin. Je serai toute la journée à la maison. On a sonné à l'instant même [41]. J'ai vu votre ami il y a quelques jours. Moi, je l'ai vu il y a une heure. Il y a un an que je ne suis allé au bal. Quel est le prix du loyer (Miethpreis)? Trois cents francs par an. Attendez-moi un instant. Il a fait des éclairs [50] toute la nuit.

50e LEÇON. — **Les divisions du temps**.

I. LE CALENDRIER, ANNÉES, MOIS, SEMAINES, JOURS.

1. La date (das Datum, plur. Data), ou l'époque, s'énonce tantôt par l'accusatif (p. 135) :

Paris, le premier juillet,	Paris, den ersten Juli.
Il aura dix ans cette année,	dieses Jahr.
Le mois prochain, la semaine prochaine,	nächsten Monat, die nächste Woche.
Il faisait plus chaud l'an passé,	vergangenes Jahr.
Le mois dernier, le mois précédent,	letzten Monat, vorigen Monat.
Nous nous voyons chaque lundi,	jeden Montag.
Il reviendra mardi prochain,	nächsten Dienstag.
Il est parti samedi dernier,	vergangenen Sonnabend.

2. Tantôt par le génitif (pour les jours de la semaine) :

Il se promène le dimanche, er spaziert (des) Sonntags.

3. Tantôt par une préposition, in, an, etc. :

Je serai de retour dans un mois,	in einem Monat.
Nous aurons peu de fruit cette année,	in diesem Jahr(e).
Cela se passait en (l'année) 1820,	im Jahr 1820 (ou im J. 1820).
On promet un concert pour jeudi,	auf Donnerstag.
Il m'écrit chaque vendredi,	an jedem Freitage.

4. L'article der doit précéder le nom des mois. On dit en allemand « le mai, le mars », der Mai, der März :

en janvier (dans le janvier), im Januar.

5. Le quantième du mois (der Wievielste im Monat) s'énonce par les adjectifs numériques : second, troisième, etc. :

Le 3 septembre (*le* 3e *septembre*),	den britten September.
Au 2 avril (au 2e avril),	am zweiten April.
A partir du 24 juin,	vom vier und zwanzigsten Juni an.
C'est aujourd'hui le neuf,	es ist heute der Neunte.

Par abréviation, on met simplement un chiffre suivi d'un point, pour indiquer qu'il s'agit d'un adjectif numérique :

Berlin, le 4 septembre, Berlin, den 4. Sept. (ou d. 4. Sept.).

Dans le commerce on dit :

A la fin de mai, fin mai, Ende Mai; à la mi-mars, Mitte März.

6. La désignation des jours se fait par ces adverbes :

aujourd'hui, heute; hier, gestern;	demain, morgen.
avant-hier, vorgestern;	après-demain, übermorgen.
la veille, den Tag vorher;	le lendemain, den folgenden Tag.
le jour d'après, Tags darauf, den Tag darauf.	

— 137 —

VOCABULAIRE. — *Noms des saisons* (voy. p. 58, r. 3).

Été, Sommer; automne, Herbst; hiver, Winter; printemps, Frühling.

Noms des mois.

Janvier,	der Januar.	Mai,	der Mai.	Septembre,	der September.
Février,	der Februar.	Juin,	der Juni.	Octobre,	der Oktober.
Mars,	der März.	Juillet,	der Juli.	Novembre,	der November.
Avril,	der April.	Août,	der August.	Décembre,	der Dezember.

Noms des jours de la semaine.

Dimanche, Sonntag; mercredi, Mittwoch; samedi, Samstag
lundi, Montag; jeudi, Donnerstag; ou
mardi, Dienstag; vendredi, Freitag; Sonnabend.

Autres divisions.

« Une quinzaine » se dit : vierzehn Tage (14 jours).
« Une huitaine » — acht Tage (8 jours).
« Un trimestre » : ein Vierteljahr (quart d'année) ou Quartal.
« Un semestre » : ein Halbjahr (demi-année) ou Semester.
« Le siècle » : das Jahrhundert; la saison, die Jahreszeit; le nouvel an, das neue Jahr ou Neujahr; jour de l'an, Neujahrstag.

EXERCICES.

I. Endlich ist der Mai gekommen? Die schlechte Jahreszeit ist vorüber. Es wird vom Ersten dieses Monats ein Omnibus-Dienst eingerichtet[129]. Wann geht die Post ab? Alle Tage, Sonntag ausgenommen (excepté). Nächsten Sonntag wird mein Bruder acht Jahr alt. Der meine ist vor acht Tagen einunddreißig Jahr alt geworden. Er ist im Dezember 1839 geboren. In welchem Jahre ist Ihr Onkel gestorben? Im Jahr 1831. Wann werden Sie meine Wäsche (linge) wiederbringen? Die nächste Woche. Ich brauche sie in vier Tagen. Ich bin in einem Monat wieder hier. Geht diese Woche ein Vergnügungszug (train de plaisir)? Es wird nächsten Monat einer gehen. Wir kamen am zwölften November in London an. Wir arbeiten des Sonntags nicht. Wohnen Sie während des Winters in der Stadt?

II. Restez-vous le dimanche à la maison? Nous aurons un été bien chaud cette année. Donnez-moi quinze thalers pour la quinzaine. Je serai de retour dans une huitaine. Mon fils aura vingt-cinq ans le mois prochain. Le mien a eu quinze ans il y a huit jours. C'est aujourd'hui le quatre. Quand êtes-vous revenu? Samedi dernier. J'étais à la chasse la semaine passée. Vers la fin (gegen Ende) de la semaine je vous enverrai cela. Je suis né le 3 juin 1860. Je suis arrivé à Strasbourg le 25 mai 1872. Nous nous promenons ici chaque dimanche. Que faites-vous mercredi? Où étiez-vous samedi dernier?

8.

51ᵉ LEÇON. — **Les divisions du temps** (*suite*).

II. LE CADRAN, HEURES ET MOMENTS DE LA JOURNÉE.

1. Quand on parle de l'heure pour indiquer une durée, on emploie le mot Stunde (le même que pour *lieue*); mais, pour marquer un moment précis de la journée, l'heure du cadran, on se sert de Uhr (ici invariable, p. 102). Ainsi « je marche depuis cinq heures » se dira selon le sens :

1° Ich gehe seit 5 Stunden (il y a cinq heures que je marche).
2° Ich gehe seit 5 Uhr (je marche à partir de cinq heures).

2. Voici comment s'énoncent les heures (on n'est pas forcé d'exprimer le mot Uhr quand le sens est assez clair) :

Quelle heure est-il ?	Wieviel Uhr ist es ? wie spät ist es ?
A quelle heure, vers quelle heure ?	um wieviel Uhr, gegen wieviel Uhr?
A trois heures, vers deux heures,	um drei (Uhr), gegen zwei (Uhr).
A deux heures précises,	Punkt zwei, Schlag zwei.
Passé six heures,	nach sechs Uhr.
A une heure,	um ein Uhr ou um Eins.
Il est une heure,	es ist ein Uhr, es ist Eins.
Il sonne dix heures,	es schlägt zehn (Uhr).

3. Mais il faut dire en employant Stunde :

Il me faut trois heures de repos,	ich brauche zwei Stunden Ruhe.
Dans une bonne heure, nous serons chez vous,	in einer guten Stunde sind wir bei Ihnen.
Je l'ai vu il y a quelques heures,	ich habe ihn vor einigen Stunden gesehen.
Il y a deux heures et demie,	vor drittehalb Stunden.
Je viendrai à la même heure,	ich werde zur selben Stunde kommen.

4. *Midi* se dit Mittag (milieu du jour); *minuit*, Mitternacht. Comme heures du cadran, ces deux mots peuvent s'exprimer par zwölf :

Il est midi, il est minuit,	es ist zwölf.
Il est midi passé,	es ist zwölf vorbei,
Sur le midi; à minuit,	(des) Mittags; um Mitternacht.
La matinée et l'après-midi,	des Vormittags und Nachmittags.

5. On compte les *demies* en déduction sur l'heure future :

Midi et demi (*mi-une*),	halb Eins.
Jusqu'à cinq heures et demie,	bis um halb sechs (Uhr).

6. Les quarts se comptent aussi sur l'heure à venir, mais à l'aide de auf; le quart qui précède l'heure, à l'aide de vor :

A une heure et quart (*quart sur deux*), um ein Viertel auf zwei.
Il est six heures trois quarts, es ist drei Viertel auf sieben.
ou : Il est sept heures moins un quart, es ist ein Viertel vor sieben.

7. Pour compter les *minutes* (die Minuten, sing. eine Minute)
1° entre l'heure écoulée et la demie, on emploie nach, après ;
ou bien on les impute sur l'heure suivante à l'aide de auf :

Six heures vingt minutes (20 minutes *après* six), 20 Minuten nach sechs.
    ou (20 minutes *sur sept*), 20 Minuten auf sieben.

8. 2° Entre la demie et l'heure future, on emploie vor :

Sept heures moins dix (10 minutes *avant* sept) 10 Minuten vor sieben.

9. Mais on peut compter aussi dans l'ordre naturel :

Dépêche (Depesche) arrivée à 8 heures 50 minutes, um 8 Uhr 50 Minuten.

Les moments de la journée.

Le matin, am Morgen, (des) Morgens ; la nuit, de nuit, bei Nacht, Nachts.
Ce soir, diesen Abend, heute Abend ; ce matin, diesen Morgen.
Hier matin, gestern früh ; demain matin, morgen früh.
De bon matin, des Morgens früh ; tous les matins, jeden Morgen.
A deux heures du matin, um zwei Uhr Nachts (ou in der Nacht ou Morgens).
Dans le courant de la journée, im Lauf(e) des Tages.

I. Um wie viel Uhr geht der erste Zug ab[92]? Die erste Abfahrt
ist um halb acht. Um sechs Uhr Abends geht ein Waarenzug[69]. Wir
haben nur noch fünf Minuten. Wie lange hält man an? Fünfzehn
Minuten. Das Bureau ist bis Abends zehn Uhr offen (ouvert). Bis
um wieviel Uhr kann man zu Ihnen gehen? Bis um halb vier.
Ich habe vor anderthalb Stunden gefrühstückt[73]. Wir unternehmen[93]
diese Arbeit heute Abend; das Uebrige (reste) werden wir morgen
früh machen. Sie spielen seit zwei Stunden. Es ist erst[135] zehn Uhr.
Wann reisen Sie ab? Um Mitternacht. Und ich, morgen früh um
sechs Uhr. Besuchen Sie mich übermorgen Nachmittags zwischen vier
und fünf. Gut, präcis halb vier bin ich zur Stelle (à l'endroit
convenu). Es hat so eben halb eins geschlagen. Gewöhnlich kommt
er Punkt zwei Uhr. Es ist jetzt Schlag sieben. Ich stehe immer um
sechs Uhr auf[92]. Um vier Uhr Abends kann man fast nichts mehr
sehen; man muß um fünf Uhr Licht anzünden[92].

II. J'entends sonner trois heures. Votre montre avance[92]. Il est plus
de cinq heures. Je me couche très-tard le soir. Je ne me couche jamais
avant une heure. Il est maintenant juste neuf heures. Nous viendrons
vers quatre heures de l'après-midi. Je l'attendis deux heures durant
(lang). Il désire vous parler ce soir à huit heures. J'y serai dans une
petite demi-heure. A quelle heure vous levez-vous? Réveillez-[135] moi
demain à cinq heures? Nous allons sortir dans sept ou huit minutes
tout au plus. Le bureau est ouvert jusqu'à sept heures vingt minutes du
soir. Le départ du premier train est à quatre heures moins un quart. Le
dernier train part à deux heures moins cinq minutes du matin.

Récapitulation du 5ᵉ chap. — Les temps.

LES VERBES A L'IMPARFAIT.

On reconnaît au prolongement te (plur. ten) qu'un imparfait appartient à la conjugaison *faible*. Pour remonter à l'infinitif, changez simplement te ou ten en en (ou n):

sing. idʒ, er lebte,   *plur.* wir, ſie lebten;   *infinitif:* leben.
ḫandelte,   ḫandelten;   ḫandeln.

On reconnaît la conjugaison *forte* à ce que l'imparfait finit au sing. par la consonne du radical. Pour remonter alors à l'infinitif, il faut changer la voyelle, savoir :

a en e :	idʒ, er ſaḫ, *plur.* ſaḫen,	*infinitif:* ſeḫen.
an en in :	fand,	fanden,	finden.
i en ei :	widʒ,	widʒen,	weidʒen.
ie en ei :	ſdʒrie,	ſdʒrien,	ſdʒreien.
ou en a :	ſdʒlief,	ſdʒliefen,	ſdʒlafen.
o en ie :	fror,	froren,	frieren.
ou en e, ä, ö, ü :	ḫob,	ḫoben,	ḫeben.
u en a :	fuḫr,	fuḫren,	faḫren.

PARTICIPE PASSÉ.

On reconnaît qu'un part. p. appartient à la conjugaison *faible* à ce qu'il est terminé en t :

geleбt, vécu; geḫandelt, agi;   *infinitif:* leben, ḫandeln.

Et qu'il appartient à la conjugaison *forte* à ce qu'il est terminé en en. Pour remonter à l'infinitif, voici les signes :

a reste a :	getragen,	*infinitif:* tragen.
e reste e :	geſeḫen,	ſeḫen.
i, ie deviennent ei :	geſdʒrieben,	ſdʒreiben.
o devient e, ie, ä, ö, ü :	geſprodʒen,	ſpredʒen.
on devient in :	geſonnen,	ſinnen.
un devient in :	geſunden,	finden.

PRINCIPALES IRRÉGULARITÉS.

brennen,	*imp.* brannte,	*part.* gebrannt.	ſein,	*imp.* war,	*part.* geweſen.
fennen,	fannte,	gefannt.	ſteḫen,	ſtand,	geſtanden.
ſenden,	ſandte,	geſandt.	liegen,	lag,	gelegen.
benfen,	badʒte,	gedadʒt.	ſiţen,	ſaß,	geſeſſen.
bringen,	bradʒte,	gebradʒt.	geḫen,	ging,	gegangen.
mögen,	modʒte,	gemodʒt.	fommen,	fam,	gefommen.
fönnen,	fonnte,	gefonnt.	bitten,	bat,	gebeten.
bürfen,	burfte,	geburft.	ḫeißen,	ḫieß,	geḫeißen.
müſſen,	mußte,	gemußt.	werben,	wurbe,	geworben.
wiſſen,	wußte,	gewußt.	thun,	that,	getḫan.

Exercices récapitulatifs sur les temps.

Il y a longtemps que je n'ai eu le plaisir de vous voir.	Ich habe lange nicht das Vergnügen gehabt, Sie zu sehen.
Il y a longtemps que vous n'êtes venu,	Seit lange sind Sie nicht gekommen.
Y a-t-il longtemps que vous êtes ici?	Sind Sie schon lange hier?
Combien de temps y a-t-il?	Wie lange ist es schon?
Il y a quatre heures que je vous attends,	Seit vier Stunden erwarte ich Sie schon.
Il est parti il y a une heure,	Er ist vor einer Stunde abgereist.
Il était ici il y a quinze jours,	Er war vor zwei Wochen hier.
Je viens d'écrire,	Ich habe soeben geschrieben.
Vous veniez de sortir,	Sie waren eben ausgegangen.
Vous ne faites que d'arriver,	Sie sind ja eben erst angekommen.
9 heures viennent de sonner,	Es hat soeben neun geschlagen.
Nous avons une heure devant nous,	Wir haben eine Stunde bis dahin.
Ma montre s'est arrêtée à 5 heures,	Meine Uhr ist um fünf Uhr stehen geblieben.
Je me suis couché tard hier soir,	Ich habe mich gestern Abend spät zu Bett(e) gelegt.
Je prends le matin une tasse de lait et après dîner du thé,	Ich trinke des Morgens eine Tasse Milch und nach Tische Thee.
Je prendrai un bain avant de me mettre à table,	Ich werde vor Tische ein Bad nehmen.
Il ne faut pas se baigner de suite après le repas,	Man muß sich nicht gleich nach dem Essen baden.
Où dînerons-nous?	Wo werden wir zu Mittag essen?
Resterez-vous à dîner avec nous?	Wollen Sie bei uns zu Mittag bleiben?
J'ai trop mangé à dîner,	Ich habe zu viel zu Mittag gegessen.
Il alla appeler son père,	Er ging und rief seinen Vater.
Qu'est devenu votre ami?	Was ist aus Ihrem Freunde geworden?
Un nouveau traité a été conclu à Berlin,	Ein neuer Vertrag ist in Berlin abgeschlossen worden.
Il m'a dit de venir,	Er hat mich kommen heißen.
Je me suis promené à cheval,	Ich bin spazieren geritten.
Je m'en suis toujours bien trouvé,	Ich habe mich immer wohl dabei befunden.
Combien y a-t-il de départs par jour?	Wie viel Abfahrten finden täglich statt? (stattfinden, avoir lieu.)

APPENDICE. — **Les relatifs.**

Avant d'aborder la deuxième partie, où seront étudiés les diverses assemblages de phrases, il convient d'indiquer dès à présent, pour compléter les notions élémentaires, à l'aide de quels mots (appelés *relatifs*) les phrases se subordonnent les unes aux autres.

Il importe aussi de savoir que toute phrase précédée d'un *relatif* est ainsi construite : le verbe s'y comporte comme s'il était un infinitif. Par conséquent : 1° il se place après toutes ses dépendances, à la fin de la phrase (voy. p. 45); 2° s'il est composé avec une particule séparable, ab, an, auf, etc. (p. 91 et 92), cette particule fait corps avec lui.

Les *relatifs* sont de deux sortes : particules ou pronoms.

1° Les particules relatives sont :

daß, que :	Vous voyez que j'ai raison,	Sie sehen, daß ich Recht habe.
damit, afin que :	Sonnez pour qu'il vienne,	klingeln Sie, damit er kommt.
weil, parce que :	Puisque vous le voulez,	weil Sie es wollen.
da, puisque :	Puisque je suis ici,	da ich einmal hier bin.
da, comme :	Comme il est fort instruit,	da er sehr unterrichtet ist.
wie, comme :	Comme il vous plaira,	wie es Ihnen gefällig ist.
als, lorsque :	Lorsqu'il nous fit visite,	als er uns besuchte.
wann, quand :	Quand ils reviendront,	wann sie wiederkommen.
wenn, quand :	Quand le soleil se couche,	wenn die Sonne untergeht.
wenn, si :	S'il fait beau,	wenn das Wetter gut ist.
ob, si :	Sait-on s'il parlera ?	weiß man ob er reden wird?
obgleich, quoique :	Quoique vous soyez fort,	obgleich Sie stark sind.
seitdem, depuis que :	Depuis que je suis là,	seitdem ich hier bin.

Ajoutons : bis, jusqu'à ce que ; bevor, avant que ; nachdem, après que ; während (dem), pendant que ; sobald, sogleich, aussitôt que, etc.

REM. *Comme*, dans un sens explicatif, se traduit par da; mais *comme*, dans un sens comparatif, se traduit par wie.

Quand, *lorsque*, se traduisent par als, s'il s'agit du passé; par wenn s'il s'agit du futur ou d'un fait périodique ; wann, expression générale, s'applique aux deux temps.

Si, conditionnel, se traduit par wenn ; si, dubitatif, par ob.

Quand la phrase subordonnée passe la première, cela entraîne dans la phrase principale l'inversion du sujet après le verbe (voy. p. 48) :

Quand il approchait, les chiens aboyaient, als er nahte, bellten die Hunde.
S'il vient, je m'en vais, wenn er kommt, gehe ich fort.

2° **Les pronoms relatifs sont :**

welcher, es, e }
der, das, die } qui, lequel, laquelle.

Der suit alors la déclinaison qu'il prend comme pronom démonstratif (p. 64); par conséquent il faut ajouter en aux formes du génitif : dessen, deren, et du datif plur. : denen.

Ces pronoms s'accordent pour le genre et le nombre avec le nom de la phrase principale auquel ils se rapportent; mais ils prennent le cas qu'exige leur rôle de sujet ou de régime dans la phrase subordonnée :

Nom. Le prince qui nous envoie,   der Fürst, der (ou welcher) uns sendet.
     La femme qui vous appelle,   die Frau, die (ou welche) Sie ruft.
     Le couteau qui est tombé,   das Messer, das (ou welches) gefallen ist.
     Les gens qui entrent,   die Leute, die (ou welche) hereintreten.
Acc. La lettre que j'ai écrite,   der Brief, den (ou welchen) ich geschrieben habe.
Gén. L'ami dont j'ignore le nom,   der Freund, dessen Namen ich nicht kenne.
     La femme dont le fils est mort,   die Frau, deren Sohn gestorben ist.
     Les gens dont je bois le vin,   die Leute, deren Wein ich trinke.
Datif. L'homme à qui...,   der Mann, dem (ou welchem)...
     La femme à qui...,   die Frau, der (ou welcher)...
     Les gens à qui...   die Leute, denen (ou welchen)...

Ces pronoms ont pour corrélatifs :

dieser, es, e, ou derjenige, dasjenige, diejenige }
der, das, die (qui fait alors au génitif pl. : derer) } celui, celle.

derselbe, dasselbe, dieselbe, le même, la même.

er, sie, lui, elle; ich, uns, moi, nous, etc.

     Celui que j'aime le plus,   derjenige, welchen (ou den) ich am meisten liebe.
     Le même qui est déjà venu,   derselbe, welcher schon gekommen ist.

Seulement, après les pronoms personnels, il faut exclure l'emploi du relatif welcher et s'en tenir à der :

     Moi, qui suis malade, je reste, ich, der krank ist, bleibe.

Certains relatifs portent en eux leur propre corrélatif :

     wer, celui qui; wen, celui que; was, ce qui, ce que :

     Celui qui travaille est heureux, wer arbeitet, ist glücklich.
     J'aime qui vous aimez, wen Sie lieben, liebe ich auch.
     Ce que vous dites est vrai, was Sie sagen, ist wahr.
     Ils ne savent ce qu'ils font, sie wissen nicht, was sie thun.

On emploie aussi comme relatifs les composés de was :

warum, pourquoi; womit, avec quoi; wovon, de quoi, etc.

Récapitulation générale.

Analyser ces phrases en indiquant les règles qui ont été appliquées.

Regardez, je vous prie, quelle heure il est ?	Sehen Sie gefälligst wieviel Uhr es ist.
En combien d'heures arriverons-nous à Strasbourg ?	In wieviel Stunden kommen wir nach (ou in) Straßburg an ?
Nous n'avons plus à voyager que pendant quatre heures,	Wir haben nur noch vier Stunden zu reisen.
Combien de temps s'arrête-t-on ?	Wie lange hält man an ?
A quelle heure part le premier train ? — A 7 h. 1/2.	Um wieviel Uhr geht der erste Zug ? — Um halb acht.
Il y a des départs toutes les deux heures,	Die Abfahrten finden alle zwei Stunden statt.
Il est midi et quart,	Es ist ein Viertel auf Eins.
Le bureau est ouvert jusqu'à six heures moins un quart,	Das Bureau ist bis drei Viertel auf sechs (Uhr) offen.
Pouvez-vous me donner à coucher pour la nuit ?	Können Sie mich für die Nacht beherbergen ?
Combien louez-vous cet appartement par an ?	Wie theuer vermiethen Sie diese Wohnung jährlich ?
Ordinairement je le loue 80 francs par semaine,	Gewöhnlich vermiethe ich dieselbe für achtzig Franken wöchentlich.
Puis-je vous demander une faveur ?	Darf ich Sie um eine Gunst bitten ?
Il sera nommé à cette place sous peu,	Er wird in Kurzem zu diesem Amt ernannt werden.
La route a été inondée il n'y a pas longtemps,	Der Weg ist vor Kurzem unter Wasser gesetzt gewesen.
Les marchandises ont été expédiées très-promptement,	Die Waaren sind mit großer Schnelligkeit spedirt worden.
Dans quel hôtel est-on le mieux logé ?	In welchem Gasthof ist man am besten logirt ?
C'est un des plus beaux quartiers de la ville,	Dies ist eines der schönsten Stadtviertel.
Est-ce votre plus juste prix ?	Ist das Ihr billigster Preis ?
Nous ne savons pas ce que vous voulez dire,	Wir wissen nicht, was Sie sagen wollen.
Il faisait nuit, quand j'arrivai à Dresde,	Es war Nacht, als ich in Dresden ankam.

FIN DE LA PARTIE ÉLÉMENTAIRE.